猴面包树

以修行的视角，
来对待做饭和吃饭这件事。

如法而食

好好吃饭与好好做饭的实践随笔

赵长城——著

CCTP
中央编译出版社
Central Compilation & Translation Press

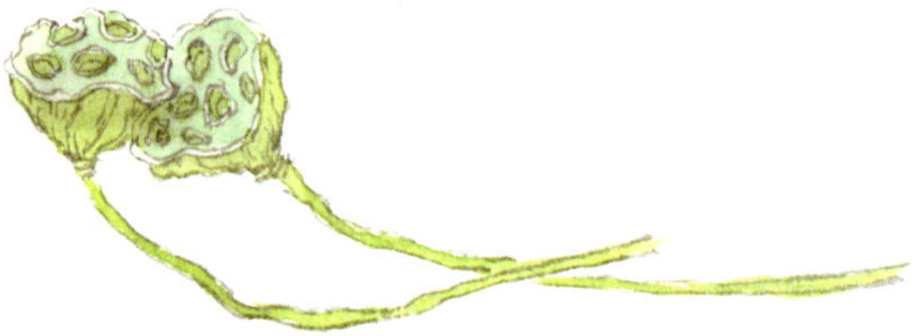

恩师寄语

主敬存诚，一片真心
不着不染，在尘离尘
正心修身，尽性至命
惟一惟精，性命自凝
参赞化育，无为而成

缘起 如法而食的探索之旅

外面的天还很黑，一片寂静。隐约可以听到太太在厨房里擀饺子皮的声音，一如过去的每一天，太太都早早起来，为心爱的家人准备早餐。

固然有很多人以煮饭做菜为乐，但也有不少人觉得做饭很烦，最好赶快做完，或者直接去餐馆吃，或者聘请他人做，把剩下的时间用在人生其他好玩的事情上。纵使是专业的料理人，又有多少人把自己的工作当作使命来看待呢？大概也有不少人只是将它当作领取一份薪水而不得已的手段。

对吃饭的人来说，只把吃饭作为饱腹之事，实在是辜负了食物、身体和为我们烹饪的人。若是满足于追求各种味道的刺激，不加节制、随心所欲地饮食，随着嗜好的扩大，贪欲会占据内心，这毫无疑问完全背离了作为食者的初心，更不用说去理解食物的真正内涵，以及食物与生命的关系了。

做饭人的刀，吃饭人的口，都是双刃剑。食事关乎生命，一旦有错，偏离了自然的大道，就很容易让我们滑向口腹之欲的歧途，引发诸多身心疾病、社会纷争、生态破坏甚至灾难，错过此生以身进德修业的机缘。

如何如理如法地饮食，是值得我们每个人认真思考的。

我出生在北方的农村，小时候吃着母亲做的饭菜长大，留下了很多关于手作传统食物的美好记忆。食物意味着爱与能量的流淌，即使母亲去世以后，老人家在厨房里蒸馒头、做年糕、包饺子、腌咸菜、做豆酱的画面，仍会时常出现在我脑海中。而在我年幼时，父亲骑自行车从老家往返北京兵部洼胡同卖大枣养家的事，更是让我始终满怀对每种日常食材的感激之情。无论父母再怎么贫困，也会竭尽心力呵护自己的孩子。那时的饮食是一种传统的、无拣择的、妈妈的爱的味道，虽然粗简，却足以滋养我们一生。

后来，与太太相识共结姻缘。太太出身中医家庭，自幼跟随我的岳父学医行医，我自己也曾经有很长一段时间在岳父身边耳濡目染，每天吃饭的时候听他分析食物的药理，亲眼看着他活用厨房的谷物蔬菜、园中的花果枝叶，为人们解决身体的病痛，见证了吃东西这件事的巨大力量。

几年前，我到日本学习，曾有机会到东城百合子老师（1925—2020，日本国宝级自然疗法大师）的料理教室参访请益。几十年来，东城老师以自己的亲身经历实践着“厨房即药房”的理念，帮助数十万妈妈通过饮食改变了自己的身心，同时也帮助大家回到做妈妈的本位上，改变了自己的家庭。

世界知名的饮食思想家樱泽如一先生（1893—1966），也是在吸收《黄帝内经》《易经》《道德经》等中国经典中食饮有节、药食同源和阴阳平衡等理念的基础上，融合印度医学、西方营养学、生理学和心理学等，建立了流行全球的“长寿养生饮食法”（Macrobiotic Diet），倡导通过食物实现人与环境、宇宙的和谐，这与中医食养学相类相通，都是以身心健康为目的的饮食和生活方式。

从事长寿养生饮食法研究和实践近五十年的桥本宙八老师，又开创出通过食物来净化身体和心灵的“半断食身心改善法”，通过极少量的健康食物、充分的细嚼慢咽和足够的运动量，在短时间内排出身体内积存的毒素，实现身体的大扫除，至今已经指导了 8800 多人。2020 年 1 月，桥本夫妇亲临扬州，笔者亦有幸跟随桥本老师体验了一周的半断食课程，身心都获得了巨大的收益。

桥本宙八老师的饮食思想体系也吸收了“自然农法”开创者福冈正信先生的思想。福冈先生以老子“无为而治”的哲学，为人类开创出“不耕作、不施肥、不除草、不用农药”的理想稻作模式，以及人与自然合一的生活方式。他倡导一种无分辨的自然食，主张一切顺应自然，顺天而食。合乎自然的饮食和生活，是通向正道和觉悟的必经之路。

再到后来，我有机会到京都几家禅寺体验精进料理，又了解和学习了日本曹洞宗大本山永平寺的精进料理之法——《典座教训》和《赴粥饭法》。这两本书是入宋求法的道元禅师留下的，指导厨人如何用心做饭、食者如何用心吃饭，传承八百年至今，永平寺每一天都上演着自宋以来做饭和吃饭的“正法”。用饮食来实践佛陀的教导，正是禅宗的精神。中国禅林自古也有“大寮出祖师”的说法，这让我开始以修行的视角来对待做饭和吃饭这件事。

诸多因缘际会，过去一年多，我一头扎进扫除道传习中心的厨房，以跟着岳父学习做豆腐为起点，开始了每天烧火扫地的平常生活，也为历期扫除道活法体验课的师友们供应餐食。自己秉承着“典座教训”之精神自励自修，对食物，对料理，对扫除，对自己，对养育我们的大自然都有了更加真实的体会。

原来，食物是由天空、大地、无数的生命、无量的爱心和辛劳共同成就的。我们通过摄取食物的生命延续着自己的生命，因此，无论做饭还是吃饭都要心怀感恩，参赞天地之化育，想着自己的德行是否有资格享受如此珍贵的食物。做饭的时候，要以喜心、老心和大心如法而作；吃饭的时候，要学会觉察自己的贪着心，于食知量，如法而食。食物既是疗愈身心的良药，也是立身行道的资粮。饮食不仅是为了生存，更是为了实现天人合一的境界，成就自觉觉他的道业。

于是我终于明白了，真正如理如法的饮食需要具备三大要素——健康、（妈妈般的）爱与觉悟。三者缺一不可。

我最初是在书本上寻找答案，后来有机会到炉边切身实践体悟，才真的得以入门窥探一二，自己和家人在平凡的生活中也开始享受生命本来的平静和欢喜。

赵州和尚一百多岁的时候，只剩下一颗牙，人们问他如何吃饭，他说“粒粒咬着”。而黄檗禅师说：“终日吃饭，未曾咬着一粒米。”赵州和尚告诉我们的是“好好吃饭”，黄檗禅师告诉我们的同样也是“好好吃饭”。

我衷心希望有缘师友在这一点上多加思考，自己也来探究如理如法的饮食之道。我也期盼在家庭里负责餐食的主妇或丈夫在每天的料理中，也能体会到超越实用层次的食之真味。

付梓之际，梳理过去自己的求索历程，谨作为诸位师友的阅读与实践参考。

我喜欢做饭，喜欢与食材交流对话。当我走进厨房时，内心一定是安定沉稳的，放空自己，做出放空的食物。

——题记

代序 让做饭的人和吃饭的人同时拥有幸福

杨金杰 · 作者的太太

先生撰写的这本小册子，托我写篇序言，我总感觉有“王婆卖瓜，自卖自夸”的意思。然而还是抵不过他的坚持，就借此机会和大家分享一下我在家里做饭的体会，权且作为本书内容的补充。

自实习的时候，我就经常自己做饭。有时忙医馆的事情，早餐往往吃得比较晚，妈妈时常说，来不及的话就去外面买份简餐也好，别饿肚子。但我从不去外面买，忙完之后自己煮份清汤面，吃起来也特别开心幸福。来家里的一些小孩子闻到我的面条，也会凑过来吃几口，其实面条真的很清淡，用奶奶的话说：“连个油珠珠儿都看不到，有啥营养？”但确实好吃，好吃到小孩子们吃完一口，还想凑过来多吃几口。

这面条好吃，因为这是它的本味，孩子都喜欢本然的味道；更因为做的时候很欢喜，吃起来便很满足、很自在。透过面条观想到小麦、种植小麦的辛苦、由小麦加工成面粉再到制成面条的每一个流程，所以吃的时候内心深深感恩。

我从2014年开始为家人做饭，每日三餐，一直到现在接近九年。前七年的时间都是为医馆里的天使及客人准备饭菜，有时会准备一上午。每一位客人来的时间不一样，从早七点到中午都会有空腹没吃早餐就过来看诊的，所以有时候一上午的时间都忙着准备饭菜，我从没有觉得“麻烦”，只想让每一位没有吃饭的人，都能吃上一口热饭菜。

无论做多少人的饭，无论做多少菜，我都从不觉麻烦。我很享受整个烹饪的过程，甘之如饴地为大家服务。

从挑选食材、处理食材到烹饪食材，每一步都用心对待。每日挑选食材我都亲自前往，选食材之前，基本已想好今天有哪些人用餐，大家的身体状况怎么样，适合吃哪些菜品，照顾到每一个人。

从小在老人身边，经常听他们讲什么样的菜该怎样来挑选，自然生长的菜和经过催熟的菜样子是不一样的。所以走进菜场，我很容易看出哪些是自然生长的、最健康的食材。

我有一个原则：能用手掰的，绝不用刀切。手是有温度有感情的，每一样食材也都如生命般有经络和细胞，似有活着的灵气，期待人的柔软相待，用手掰的菜与用刀切的菜，烹饪出来的口感、味道是不一样的。

食材按不同部位处理好，每一份食物都同样珍贵，不抛弃食材的任何部分，争取将食物的全部——根、茎、叶、花、果实等——都用来烹饪，以获得更丰富的营养成分。食材的不同部分会传递给我们不同的能量。宗信禅师有言："世上没有任何该丢的东西。"

烹饪的时候，平性的菜、热性的菜、凉性的菜，尽量搭配好，不偏性太差，阳性蔬菜和阴性蔬菜也搭配好。生长在阴暗环境下的菜和每日在阳光下的菜，同样要搭配好。对于饮食原则，当季当地最佳。

但如果身体在某些时候出现一些问题，需要不同季节的食材当以药用来疗愈，比如白菜萝卜冬天才会自然成熟，但处理一些身体问题时需要它，我就不会太在意这个食材是否应季的问题了。做饭这件事不纠结、不刻意，顺应自然、顺应身体，符合自己身体当下状态的食物便是最好的食物。

用餐的时候要虔诚地感谢，把心和意都放在食物上面。

x

安住于当下，这份食物吃下去的时候，我们就会和食物产生联结，体会什么是身体要的，什么是身体不要的，我们的身体就会知道，会觉察，不会狼吞虎咽，不会暴饮暴食。

心神意乱地吃东西，就可能带来淤滞。带着对食物的敬意和尊重，吃每一口饭菜的时候，我们都要去觉知，去感受，然后食物就会和我们的身体同频共振，成为我们需要的东西。

我从不去想自己缺什么营养，即便是剩饭剩菜或看上去似乎没什么能量的食物，我也不会怀疑它的营养，因为没有比怀着一颗欢喜感恩之心用餐更能补养自己的了。上一个七年就是这样走过来的。

自孩子出生后，我们一家来到扬州，开启人生的新活法，生活简单而丰富。

来扬州不为任何人、事、物，也不曾带什么而来，只以一颗纯粹的心，安住于此地。

先生多次问我：在扬州还习惯吗？其实我在哪儿都可以习惯，世间任何一处都可作为我们的家。

我也多次提醒先生，来扬州不为提升我们的经济水平，也不为名利，只要守好那份“道心”，做好此生该做的事儿便好。

两年的时间，在这里的每一餐都是我亲自做的，至今还未出去品尝一下淮扬菜，也从没有想过要出去吃点什么。食素三十年，于自己而言，可能终生不去外面用餐也不觉得有什么问题。于孩子而言，未来他会有更多的体验去感知生活中的一切，在他还没有更多能力去选择时，我仅给予他一点引导，为他做些适合他的最健康的饭菜。

孩子现在跟着我们也食素三年，我希望他在长大成人之前，能够有足够的自由和空间去体验自己，可以吃自己喜欢的食物。但在这期间一定要感知身体，我不希望他是因为爸爸妈妈而吃素，他要体验生命的丰富性。所以无论孩子做什么样的选择，我都会尊重他。

吃饭这件事儿，我一直都是这样来想的，吃什么都好，不执着于吃，一物一食皆从天来，过简朴纯真的生活，吃简单健康的食物，服务于需要我们的人。

不为做饭而做饭，不为吃饭而吃饭。

一切皆因爱，让做饭的人和吃饭的人同时品味幸福。

自序

赵长城·二〇二二年一月于扬州

要想获得健康、自由与幸福的人生，就必须知道饮食的秘密。

现在诸君手里的这本小册子，记录着我求索饮食秘密过程中的点点滴滴。以只言片语的形式，梳理自己的学习历程，既是个人总结，也希望有机会成为诸位师友重新理解饮食、开启良善生活之路的助缘。

感谢扫除道传习中心开启了我生命的另一扇窗，也真诚地感谢所有有缘的师友给予的包容、爱护与支持。

因自己和家人常年食素，本书只记录了以植物性食物为主的说略，特此说明。书中有疏漏、讹误及未尽之意，恳请大家不吝赐教指正。

谨为序。

目录

有机会到炉边切身实践体悟

才真的得以入门窥探一二

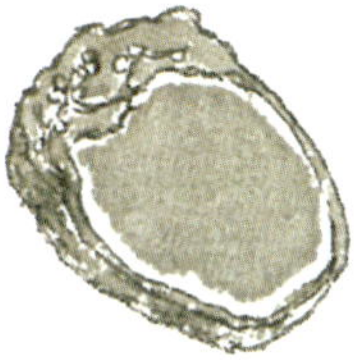

饮食为什么如此重要？

第一章 食之正事

01 饮食关乎我们的未来

吃什么、怎么吃，是一种生活方式的选择。每个人的生活方式都关系着自身家庭、当地社会乃至整个国家的未来，因为饮食关联着我们的身体健康和心灵安定、农人的作物选择与耕种方式、社会的物流成本与资源分配，等等。当前，错误的食物选择与进食方式是引发人类诸多身心疾病和社会纷争的重要原因。为了让我们自己、家庭、国家和世界有更加美好的未来，每个人都应该审慎地思考饮食这个日常生活中最普通也最重要的问题，并做出适应未来的选择。

02 饮食让生命得以延续

饮食的本质是滋养身心、奉养生命。生命是天地间最大的奇迹，饮食让这个奇迹得以延续。自古至今，人们依靠摄取食物延续自己的生命。食材的细胞是有记忆的，我们吃下去的食物，最后变成了我们身心的一部分，融入我们的生命。做饭和吃饭这件事，实际上是其他生命融入和滋养我们生命的一个神圣过程。

03 饮食是良知生活的秘钥

饮食是良知生活的关键秘钥。一切皆由饮食而起，并且回到饮食。懂得饮食秘密的人，就能主宰自己的人生，并且能够引导世人。不懂饮食的人，就会陷于无明的困扰，甚至损害自己的健康和生命，因为我们的身体和内在的性灵都是靠食物来供养的。饮食改变了，人的身体和性情都会跟着改变。如果能够以自己或家人亲手做的均衡食物为主要饮食，人生就会充满自然而协调的能量。

04 改变饮食就能改变命运

“宿命，由父母所给。命运，由自己创造。……命运为何？自己扛着自己的生命前行，自己通过饮食创造出的身心所走的人生道路。”这是日本半断食专家桥本宙八先生教给我的话。我相信饮食的改变意味着生活方式的改变，改变饮食就能慢慢地改变自己的命运。

05 母亲的饮食影响孩子的一生

绝大多数生病的人，其饮食生活是不符合自然法则的，总是随心所欲地吃吃喝喝、暴饮暴食，日子过得相当任性。现在很多年纪很小的孩子，身体就出现很多问题，这和家庭的饮食习惯是密切相关的。幼儿的疾病与母亲怀孕期间的饮食生活有着密切关系。母亲通常还主导着一家人的饮食，也影响着几代人的性格和命运。饮食是每个人生命中极其重要的一件事，作为母亲，不可不察。

06 食事关联着世间万事万物

一直以来，人类都是通过饮食将生活、自然、社会和万事万物联系在一起的。饮食这件事包罗万象，与农业、大工业、手工业、服务业、医药学、生物学、植物学、营养学、生态学、文化学等很多领域或学问有着很大的关联。据说，这个世界上有一半的人都在从事与食物相关的工作。通过饮食这件事可以学习到很多东西，无论是技术层面的动手能力，还是精神层面的品格素养，都会让人受益终生。

07 通过食事学习“爱”

自母亲去世后，我每天都会怀念她。在所有的美味中，只有妈妈的味道是最独特的、最让人怀念的。我们获得的第一份食物正是母亲的乳汁。长大后每次出门后回到家中，都会吃到母亲做的我们最爱吃的菜。每到过年，母亲都要备很多年货，与时节与传统文化结合出令我回味一生的美食。我的关于食物的很多感性认识都来自母亲。在家庭生活中，母亲将她最无私最伟大的爱通过食物传递给孩子，这种爱的传递每天都会重复三次甚至更多。我儿子吃的辅食和正常的饭菜，每一餐都是太太亲自烹饪的。在扬州疫情最吃紧的时候，家中大米即将告罄，邻居给我们送来了米，我带着儿子也把太太烘焙的面包和烙饼回赠给邻居。儿子就是在这其中明白了食物承载着，也传递着感谢和爱。

08 通过食事学习“敬”

我们应当恭敬地对待每一份食材，恭敬地对待养育我们的大自然，不浪费食材和食物，对维系和滋养我们生命的食物心怀感恩。而且，我们必须要意识到：好的食物不仅仅是靠着自己的双手制作出来的，更是很多看不见的力量通力合作的结果。

要时时刻刻警惕产生“这是我做的”这样的傲慢想法。比如，在制作发酵食物的过程中，要达到理想的效果，就需要很多微生物参与发酵工作。如果单纯地认为这是自己的功劳是不对的，唯有常保恭敬和谦卑，才能通过食材串联起更广阔的世界，并体味更加浩瀚的世界，体味世界中无处不在的通力合作与爱的牵连。

09 通过食事学习做事的方法

厨房工作事无巨细，除了做饭本身涉及的买菜、洗菜、切菜、烹饪这些具体工作，还包括清洗、扫除和整理等很多事情。这个过程中，如何提高作业效率，如何安排好时间和人手，如何确定顺序，都是在锻炼自己做事情的能力。

从准备三五个人的饭菜到准备三五十人的饭菜，不仅需要厨艺上的努力，背后更需要统筹兼顾能力的提高。从学习做饭到组织协调，是思维模式和领导力的持续精进。只要孩子学会烹煮食物，就具备了生活自理的能力。

10 通过食事锻炼想象力和创造力

制作菜单和烹饪菜品，可以提高我们的想象力和创造力。多种多样的食材，多种多样的厨具，多种多样的烹饪方式……可以制作出无穷无尽的美味。

在持续的料理实践中，一旦积累了足够的经验，就可以打开自己的创意源泉，创造出前所未有的味道组合。即使用同样的食材、同样的厨具、同样的烹饪方式，也无法制作出和之前一模一样的味道。在日本茶道中，也是一样，此谓“一期一会”。所以，即使很熟悉的菜，仍要心怀虔敬、谨慎尽心去做，就会在无形之中悄然锻炼了自己的创造力。

11 通过食物疗愈身心

通过吃东西，我们能够感受到力量、满足、幸福，摆脱生活中的紧张和烦恼。特别是在身处逆境的时候，在生活环境发生巨变、一日三餐都无法保障的时候，如果能吃到哪怕一碗简单的粥、一碗面条，抑或几个饺子，都会感到巨大的满足和特别的幸福。食物可以让人唤起美好的记忆、建立友谊关系、丰富感受、传递爱意，蕴含着令人身安心安的强大力量，不仅支持和修复着我们的身体，也安定和抚慰着我们的心灵。

12 透过饮食思考生命该有的状态

一日三餐是人生最基本的修行之一。轻视疏忽每天的饮食，就是对自己的松懈怠惰。

我们要透过饮食思考生命该有的状态。在探寻生命本来面目的过程中，食物也是跳不开的一步。合乎自然的饮食和生活，是通向正道和觉悟的必经之路。不奢华，不贪着，不为饰好，不为摆阔，吃我们应该吃的，过我们应该过的生活。在每一天的饮食中学会凡事谦虚、忍耐、懂得节制，用爱心相互宽容，用敬信彼此联络，通过食物让我们与自然、万物合而为一。

好好吃饭，包含着谁在吃、吃什么、怎么吃、吃多少的问题。

第一章

好好吃饭

食者何人

01 让自己成为吃什么都津津有味的人

现在的我无论吃什么都会吃得津津有味。我认为培养能够品尝出食物美味的心灵和身体很重要，食育的目标之一就是要培养吃任何食物都感到香喷喷的人，但是现在大家往往把人的问题放到一边，只顾努力制作各种所谓美味的食物。所谓的好吃或不好吃，与进餐时的身心状态有很大的关系。如果心事重重、身处紧张和压力之下，即使平时觉得很好吃的东西，也会变得索然无味。所以，让自己变成一个“无论吃什么食物，都能吃出它的美味”的人，是一件很重要的事。首先要建立关于饮食的正知正见，其次是恢复被不健康饮食方式破坏的味觉。

02 恢复自己被破坏的味觉

饮食是六感的艺术，即用眼睛看、用耳朵听、用鼻子闻、用舌头尝、用心意去感知，其中最重要的是味觉。然而，现在的人似乎对味觉已经越来越无感了，能让我们感到美味的食物越来越少了，食物真实的本味也无法评判。于是在烹饪的时候，大家开始习惯添加各种各样的调味料和提鲜剂，这样下去味觉会变得更加麻木。若想恢复自己被破坏的味觉，最重要的是身体的大扫除。具体方法首先是要停止吃那些不健康的食材和调味料做出来的食物，改吃通过自然种植方式获得的谷物和蔬菜，有条件的话可以通过定期的断食或半断食等方式排出淤积在体内的各种毒素，恢复味觉和选择相宜食物的能力。

03 食者的心态影响食物的能量

人是精神动物。抛开了人的情感，食物也就失去了真正的意义，变成纯粹果腹之物。食物再有能量，也会受限于做饭人和吃饭人的心态。如果精神世界没有打开，做饭的人就无法充分发挥食物的能量，进食的人也难以获得更好的补益。听起来似乎有些玄奥，但无数的事实已经证明了这一点。如同“水知道答案”的实验那样，人的心意会影响客体的结构。很多患病的人，即使对症下药也难以使其痊愈，背后的原因就在于这种心态，这是根本的问题。

04 什么都吃的自己是一种傲慢的存在

现代社会，物质极大丰富，人们会先入为主地认为食物注定会被吃掉，因此养成了以傲慢之心对待食物的态度。比如外出就餐时大量浪费、随意丢掉能吃的剩菜，无论出于什么样的原因，都将导致食物的生命被无故浪费的事实。食物的生命与我们的生命是平等的，请大家一定要意识到这一点。同时，绝对要避免贪图享受各种野味或稀有食材。食物牺牲了自己的生命供养着我们的生命，对此，我们理应心存敬畏。

05 我也要努力成为这样的人

扫除道的开创者键山秀三郎先生曾经讲过自己创业时发生的一件事。当时只有29岁的键山先生在一个雨雪交加的寒夜，骑着自行车到一个加油站试着销售自己的货物。突然，一只手从店门里伸出来朝他打招呼，叫他进去暖和暖和。键山先生刚在炉边坐下来，店主人就端来一碗热气腾腾的团子给他吃。键山先生几度哽咽，泪水肆意流下。他说："感觉遇到了活菩萨，那时候便下定决心：自己这一生，也要努力成为这样的人。”食物不只是食物，还有着温暖人心、塑造人心的力量，愿我们都成为能够创造爱与感动的人。

06 成为分享食物与爱的“小孩”

《圣经》中记载，五千多人跟随耶稣行走于荒野。到了吃饭的时间，大家都饿了。弟子们一共只有五个饼两条鱼，便问耶稣怎么分。耶稣祝福并感谢这些饼，然后将饼掰开递给弟子，再由弟子们分给众人。不可思议的是大家都吃饱了，而且带回来很多。这就是五饼二鱼的“神迹”。当时，耶稣所做的就是祝福和感谢，自己和弟子没有吃，而是分给众人。有感于基督的做法，一个小孩主动将自己的饼献了出来。这种爱的行为像电波一样迅速感染了每个人，于是大家都拿出自己的食物，互相分食，结果都吃饱了，还余下很多。这就是自助和协作的力量，爱的力量！让人吃饱的不是食物，是爱！愿我们都成为那个分享爱的“小孩”。

07 人应该吃什么（1）

有的人吃动物性食物，有的人只吃植物性食物，你会发现他们可能都有健康的体魄。对此，这个世界有太多的争论。有的人一日三餐，有的人一日两餐，还有人长时间什么也不吃，也活得好好的。所以，从维系生命的角度来说，人应该吃什么这个问题，依据人们居住的时空，包括地域、季节、空气、水等因素，以及自己的身心状态、生活习惯和生活条件，有不同的答案。人应该学会倾听自己身体的声音，觉知到自己当下应该吃的食物。

08 人应该吃什么（2）

从生命成长的角度来说，植物性饮食（包括纯净素饮食）更适合那些致力于开发自己内在性灵的人。人智学创立者、奥地利哲学家鲁道夫·斯坦纳先生认为，从营养学来看，人类有能力依靠植物性食物生成人体生长所需的蛋白，这种能力是与生俱来的。在努力依靠自身合成蛋白的过程中，人会发展出一种力量，这种力量会让人的神经系统更有活力。如果人类通过吃肉直接获得蛋白而不是自己去合成，自身合成蛋白的能力就会退化。而且，动物性食物会把动物的很多特质带给人类。

09 人应该吃什么（3）

从人类的可持续发展来说，植物性饮食将成为越来越多人的进食选择。这是因为选择植物性饮食可以大大减少人类对生态环境的破坏，降低社会和自然资源成本。如果把全世界的牛看作一个共同体，它就是全球最大的温室气体排放者之一。每少生产1千克牛奶，将减少超过2.4千克二氧化碳排放量，节省的水量可以洗50次澡。如果用1.5亩的土地种植谷物蔬菜，基本可以养育10个人，而把这些粮食作为饲料养牛羊等动物，则每1.5亩地只能养活1个人。因此，为了保护地球和人类命运，我们应该审慎地选择适合自己的食物。

10 人类的牙齿与食物的选择

儿童的乳牙有20颗。成年人在正常情况下有28~32颗牙齿，其中4颗是成人之后才长出来的，又叫智齿，也有人不会全部长出。8颗门齿也叫切牙，用来切割，主要为了食用蔬菜、海藻和水果；4颗犬齿也叫尖齿，用来撕咬，主要为了食用一些动物性食材；16~20颗是臼齿也叫磨牙，用来咀嚼和磨碎，主要为了食用米麦豆菽类的主粮。当然，这些牙齿会做一些配合，功能不是截然分开的。从牙齿的结构和比例来看，合理的饮食结构是以谷物蔬菜等植物性食物为主，肉食只占极少的一部分。这就是牙齿告诉我们的平衡饮食之道。

11 食物的本质是一种能量

狭义的食物主要指各种可以吃下去的东西，广义的食物还包括各种看不见的能量，各种精微体。比如，一直在厨房做饭，等到吃饭的时候就不怎么饿了，因为一直在吃各种食物的“气”。我们从深山森林回来之后，也会觉得神清气爽。在地球上，万物生长靠太阳。太阳以光和热的形式将生命力赋予所有生物。吸收太阳能量的多少和方式，也决定了食物本身的寒凉温热。料理就是把食材里长期储存转化的太阳能释放出来，而食物的本质就是维持生命运转的一种能量。

12 吃的是整个食物，不是营养成分

营养学可以告诉我们蛋白质、脂肪、糖类、维生素和矿物质的成分结果，以此来标明食物的营养价值、如何均衡食用，有一定的参考价值。不过，营养学对食物的把握还是相对碎片化的，并不能接近完整的饮食。一物之中有万物，积万物却难成一物。如同解剖人体时，可以分析各个脏器，却无法弄清楚肉眼看不见的气脉和经络。生命、精神、魂魄是很难进行定量分析的。医学和药学能证明和解释表象世界，却无法证明肉眼看不见的内在世界。

13 减少摄入低生命力的食物

近年来，欧洲、新西兰等地方的植物和草药专家利用自身的内证实验能力，辅以先进的技术手段进行食材的图

谱分析，可以观察到植物外围萦绕的气流。不同的植物有不同的气流运行方向。有机种植的天然食物蕴含更强的生命力，而那些在农药化肥环境下生长出来的食材，以及精加工的食物（如白米、白面等）蕴含的生命力很弱，那些化学提纯或合成的食物是没有生命力的，无法给人的生命带来真正的滋养。我们要多摄入那些可以滋养生命的食物。

14 理想的食物组合

就维持生命来说，大部分人都要依靠健康的饮食。现在各种饮食流派很多，各家观点五花八门。因为时间和地域的不同，这些说法可以说是对的，也可以说是错的，人们因此变得迷惑不已。吃什么样的食物，应该遵循当地的传统，以及自己的亲身体证。而且，适合别人的不一定适合自己。结合向诸多前辈学习与自己的实践体会，我认为理想食物是：粥饭为本+当季当地的蔬果+发酵食物。这三点的基础是食材要选有机或自然农法栽培的。这种饮食结构的优点是健康、简单、环保、低成本，有利于身心成长和回归自然。

15 粥饭为本

中医经典著作《黄帝内经》上讲，五谷为养，五菜为充、五果为助。故粥饭本也，蔬果末也。《大学》言：君子务本，本立而道生。以米、麦、豆为代表的五谷都是植物的种子，是最具生命能量的食物，也是最适合东方人体质的。而蔬菜水果是帮助消化的，绝对不能做主食。以稻米为主粮的地区，米饭和粥是主食，以麦为主粮的地区，馒头类的面食和粥是主食，所有的菜其实都是主食的配菜而已。

16 粥之十德

自古以来，人们都对喝粥推崇备至。喝粥可以补气力、护胃气，特别是煮粥时的米油，对婴幼儿、老人、大病初愈或脾胃虚弱的人，是最好的补品。在佛教典籍《摩诃僧祇律》中，专门提出粥的十大好处。一色，让身体更具光泽；二力，增加气力；三寿，延长寿命；四乐，身心安乐；五词清辩，有助言语表达；六宿食除，消化积食；七风除，消除风寒；八饥消，消除饥饿感；九渴消，解除口渴；十大小便调适，通便顺畅。日本曹洞宗大本山永平寺开创近八百年来，每天早上都是一碗粥。这一碗粥里蕴含着令人心怀感恩的生命力量。早上喝粥最能唤醒和活跃胃气，帮助我们滋养身心，以最好的状态开启一天的劳作。

17 当季当地蔬果

《黄帝内经》上讲“食饮有节”。节就是时节，顺着时节来吃。孔子说“不时不食”，亦是说要吃“应季”的食材。俗话说“一方水土养一方人”，说的是要吃身边的食物。大自然也会按照人们的需要，给予人们最合适的食物。例如，秋季大气收敛，此时有大量带酸味的水果成熟，酸味入肝，既可以助阳气收敛，又可以减少燥金对肝木的过度克制。四川常年湿气重，当地盛产花椒，而且品质是中国最好的。花椒可以祛湿。当季和当地的蔬菜水果是最适合当下身体需要的，也都是人们能够相对轻松获得的、最节省人工和物流成本的食物。反季节食材，容易给身体以时空的错觉，从而导致身体机能紊乱。

18 发酵食物是最自然的食物之一

自然发酵的食物是最自然的食物之一，通过调和空气中天然存在的微生物和菌群实现发酵，可以实现对原有食材的分化和再造，创造出新的形态和风味。对生活在食物短缺时代的人们来说，发酵在保存食物上有着无可比拟的价值。此外，发酵还有解毒的重要作用，可以有效减少食材中残留的毒素。发酵是人类最古老的生存技能，细菌是参与人类演化的重要伙伴。后疫情时代，发酵将变得更加重要。

19 藻类是谷物蔬菜之外的有益补充

藻类是地球早期出现的生物，是维系地球生态系统的重要组成部分。藻类实际上相当于海洋里的植物，通过自身的光合作用，可以净化海洋环境，并给水里的生物提供足够的氧气，很多海洋生物直接以藻类为食。在东方医学里，生活在大海中的藻类食物主通经脉，有着泄热利水、消除疲劳、镇定安神的功效，还有人体需要的各种纤维素和矿物质，是天然的健康食物，可以作为谷物蔬菜之外的有益补充。

20 自然方式种植的食材

吃不使用化肥农药的食材，条件允许的话，自然农法最佳。自然栽培的食材生命力顽强，带着天地本来的能量，即使放置几天，也不会腐烂，只是会慢慢地萎缩，甚至会开始发酵。食用海藻时也一样，如果能够食用没有污染、采用自然养殖方式的海藻，就最好不过了。

21 不食用转基因食物

围绕转基因食物的安全性有很多争论。以常理推断，假如原本一株作物只能结出一百粒种子，通过转基因技术可以结出两倍以上的种子，那么食物的生命力实际上是大打折扣了，如果长期食用，毫无疑问会限制人的生命力和生育能力。没有种子的食物也不要吃。顺天而食，身土不二，用火加热，用盐调味，万事节制，饭吃八分饱，食用近处可得的当季食物，是最轻省的生活方式。

22 一日吃几餐因人而异

在周秦时代，中国人是一日两餐，孟子就有“贤者与民并耕而食，饔飧而治”的思想。饔是早餐，飧是晚餐。到汉代时，一日三餐出现，不过直到宋代以后，一日三餐才成为主流，其背后是社会经济与风俗习惯的变迁。一日三餐已经有上千年的历史，成了绝大多数人的饮食习惯。

印度佛教里有过午不食的戒律，不吃晚饭。到了中国，则演变出心怀惭愧的晚简餐——药石。一天吃几餐，完全因人而异。体力工作者消耗大，多吃些无妨，而对脑力劳动者和经常伏案工作的人来说，如果活动量不大，则可以尝试晚餐少食。

总之，我们要根据身体的状况，找到适合自己身心需要的餐制。

23 早餐会影响一整天的状态

现在很多疾病和社会问题都与家事荒废、家庭失衡不安稳有关。做饭和吃饭可以说是家事的核心。如果每天能够吃到自己和家人亲手做的早餐，带着满满的爱与能量开始新的一天，人一整天的状态都会比较平和。

按照东方医学经络系统的说法，一天二十四小时，分别有十二个经络值班当令。早上七点到九点是胃经当令的时间段，因此这段时间用早餐对身心安定是非常重要的。

东城百合子老师说，每次在新闻中看到一些恐怖事件，就会想：那个凶手那天可能没好好吃饭吧？可能他家里也没人好好做饭吧？

24 晚餐的时间

睡觉前两到三个小时进餐完毕是很重要的。也就是说，睡前不要吃东西，否则会给脾胃以及其他脏腑造成相当大的压力，很容易导致肥胖；大脑皮层主管消化系统的功能区也会兴奋起来，出现失眠或多梦的问题。

25 不要养成出去吃和叫外卖的习惯

现如今，很多人借口没时间做饭、不会做饭，养成了出去吃或者叫外卖、在单位食堂吃的习惯。偶尔出去吃或者叫外卖是可以的，一旦养成习惯，无论在经济上还是营养上，全都失衡了。首先，外面的店家选择食材的品质、新鲜度，以及他们的烹饪方式都可能存在很多问题；其次是花费的成本很高，产生的各种浪费更是惊人。最重要的是，吃饭的人与做饭的人之间缺乏交流，更没有连结心灵的机会。如果有可能，吃自己和家人亲手做的食物，带着食物与人的连结，以及满满的爱和能量开始每一天，是最好的饮食生活方式。

26 断食是生物共通的自然疗法

断食，是一种改善身心状态的独特秘法。很久很久以前，人们就通过断食来疗愈身心，动物也通过断食治疗疾病和受伤。不管猫还是狗，一旦身体状况混乱，它们就会自己断食。断食是所有生物共通的本能治疗法。断食与饥饿有着本质的区别。饥饿是破坏性的，会妨碍身心的活动。断食是建设性的，能让身体更有活力，并且补充让生活更积极的能量。即便只进行一天的断食，也能消除因消化导致的肠胃、肝脏和心脏的疲劳。普通人体验断食，可以每周尝试一天不吃晚饭，家庭也可以每周设置一个“无晚饭日”，全家人共同参与。而如果要长时间断食，则需要有过来人的指导了。

27 改善身心的半断食疗法

现代人的身体普遍虚弱，问题颇多。对于许多人而言，断食是非常困难的。特别是年轻一代，他们的身心都难以忍受断食这种行为。鉴于此，日本食养界前辈桥本宙八老师创造了比断食更加安全且有效、何人何处皆可行的“半断食”。这是一种无限接近断食的“少食、微饮的身心改善方法”，主要通过极其少量的饮食、充分的细嚼慢咽和足够的运动量，排出身体内积存的毒素，让身体的每个角落都变得干净，通过饮食完成身体的大扫除。

28 食物的循环

食物经过消化之后，转化为各种精微物质被人体吸收，剩余的部分则会变成排泄物排出身体，这些排泄物又会变成其他植物和微生物的养分。可以说，不管吃饭还是排泄，都是为了经营自己神圣的生命，也是参与天地大循环的一部分。因此，吃饭和大小便的时候，都要向大自然表示感谢。从大小便的情况可以得知身体的状况。有经验的母亲只要看一眼孩子便便的颜色和形状等，就可以掌握孩子的身体信息，并做出适合的调整与应对。

赴食饭法

29 身正神安

吃饭的时候请坐着。坐下来，就是提醒自己停下来，专注在眼前的食物上。坐下来的时候要坐直，不偏不倚，不跷腿。这不仅是对食物的恭敬，也是对自己的尊重。端正的坐姿，身心是安住在当下的，神不会散乱。

30 专心用餐

吃饭的时候保持专注，不要看手机或想着其他什么事情。在禅的生活方式里，有一句话：一次只做一个动作。当你走路的时候，专心走路；当你吃饭的时候，专心吃饭。如果一开始很难专注，可以试试这个方法：每吃一口，就放下筷子，专注于正在咀嚼的食物，细细品味。

31 细嚼慢咽

不要把本来属于牙齿的工作交给肠胃去做。细嚼慢咽的过程中，会分泌出大量唾液。唾液富含淀粉酶和溶菌酶，淀粉酶可以帮助消化，溶菌酶具有杀菌作用。细嚼慢咽这一行为还可以向大脑多输送20%以上的氧气，以避免用餐之后头脑昏沉。

具体做法：开始用餐的前三口，每口咀嚼100下以上；后面，在时间充裕的情况下，每口咀嚼50下以上；时间不够充裕的时候，最好每口咀嚼30下以上。坚持细嚼慢咽，可以有效强健骨骼和脏器，提高身体的免疫力，还会带来更多不可思议的改变。

32 重视第一口

一个人在吃第一口食物时的身心状态极为重要，因为这一步将会触发身体内众多的细胞和系统开始运作。开头定下的调子会作用于整个用餐的过程。

如果我们的身心在开始用餐时就处于安定从容的状态，那么随后整个用餐过程也都会是和谐的。这就是第一口要咀嚼100下以上的原因。

33 每一口的分量

吃饭的时候，每一口的分量不宜太少，也不宜过多，可以用筷子夹起适度大小的一团再放进嘴里。嘴里不要一次塞进太多食物。嘴里含着食物的时候不能讲话。

34 保持安静

在扫除道传习中心，我们倡导吃饭的时候不说话，就连吃东西和取放碗筷，都要尽可能无声，这是为了让大家体验、专注在当下一刻。在日常生活中，我们可以练习用餐时不说话，把所有的注意力都放在食物上，也要觉察到周围一起用餐的人，这样就能全然地活在当下。带来滋养的不仅是食物，还有一起用餐的人群共同如法进食时的集体能量。

35 不浪费食物

一粥一饭，当思来之不易。这是古人的教导。不可以浪费食物，这是用餐人的基本素养。喝粥或吃米饭的时候，会有黏着在碗壁的残留，这时候可以倒一点点热开水，冲释后带着吃下去。外出用餐的时候，根据人数和实际需要点菜，没吃完的打包带走。食物的背后是宝贵的生命和付出，绝对不应该浪费。

36 吃完饭后自己收拾洗碗筷

吃完饭起身就走，这是很多人的惯性。尤其是在外面用餐，经常留下杯盘狼藉的现场，让服务员头疼。即便是在家里，若是吃完什么都不管，把碗筷厨余都交给太太或负责收拾的人，他们可能也会皱起眉头。我们应该把收拾和洗碗筷作为用餐过程的一部分。在饭店吃完饭，建议大家要合并同类项，帮助服务员收拾整理，想必对方看到之后也会很开心。举手之劳就可以为别人创造喜悦和感动，何乐不为呢？分享一个禅宗里的公案（Case）：一位参学僧曾请教赵州从谂禅师，禅师便问："吃饭了吗？"参学僧答："吃过了。"禅师再问："那碗洗了吗？"参学僧闻言大悟。

37 吃饭的时候不要带负面情绪

吃饭的时候最忌生气，生气就是动肝火。肝主木，脾胃主土，木克土。当你生气的时候，就会吃不下饭，这也是身体的自我保护。如果带着不好的情绪吃饭，对身心或有很大的损耗。做饭也一样，不要带着负面情绪，否则做出来的食物也会受影响。

38 筷子的正确使用方法

东方饮食是用筷子的。和家人一起吃饭的时候，通过筷子能够表现出对食物的敬畏，感受自己的真心，并学习正确的就餐礼仪。开动的时候，请用双手拿起筷子，再换到自己习惯使用的手上。筷子不能竖着放，而是要横着放。首先，不要让自己筷子的尖头对着别人，这是很失礼的行为。其次，这也是一种“结界”。筷子的上方代表天地自然馈赠的食物，而筷子的下方代表我们接受自然的馈赠，以及对做饭之人的感谢。筷子是天人之界，拿起筷子进食的当下，是人与大自然相融合的过程。

39 公筷的使用

多人合餐共餐时，推荐使用公筷，既干净卫生，又看起来比较优雅，也更容易控制用餐的节奏。用餐的时候，先用公筷夹到小碟中，再用自己的筷子夹取食物。每次夹取盘中食物的时候，不要超过餐盘面对自己部分的二分之一，也就是只吃靠近自己身体的那一半，不可越界。合餐的时候，如果盘中的食物散乱了，可以用公筷将食物朝着盘子中心聚拢起来，这样有聚神安心的作用，其他人夹取食物的时候也会更加方便。

40 筷子的使用禁忌

错误使用筷子的行为：一是迷茫之筷，边想该吃哪道菜，边拿着筷子在餐具上方来回徘徊，这样根本无法专注于正在咀嚼的食物。二是指点之筷，把筷子当成指挥棒来回晃，像指兵点将一样。三是敲打之筷，用筷子叮叮当当地敲打碗碟。四是拉扯之筷，用筷子把餐盘拖拽到自己面前。五是戳刺之筷，把筷子戳进饭里，或用筷子扎食物，愧对供养自己的食物和养活自己的老天爷。六是渡江之筷，把筷子直接横放在碗上。如果没有筷架，可以以十点二十分的方向斜放在碗上。七是甜蜜之筷，用舌头去舔筷子上的食物。八是挑剔之筷，把筷子当作牙签来剔牙。

41 筷架

筷架具有留出间隔、稍事停顿的作用。在用餐的时候，每吃一口，就把筷子放下来，这会让用餐时的仪态变得截然不同。通过这样做可认真咀嚼和品味吃到的每一口食物，可让自己变得从容镇静，更能够减少每次摄入食物的分量。放下筷子的时候，可以品尝一下淡味的茶或白开水，漱一下口，然后再品尝下一道菜。其间还可以愉快地与他人交谈。

42 使用托盘让吃饭更有仪式感

保持身正神安的形态，能够让我们拥有很好的仪式感。将眼前的饭菜摆放整齐，就会自然而然地让人产生要端正姿势的感觉。推荐大家使用托盘，不用托盘的话，也可以用质地优良的布巾或桌垫来放置餐盘碗碟。碗碟在桌子上摆放会显得比较散乱，而摆在托盘或布巾上就比较整齐美观。托盘或布巾将食物内外的场域加以区分，也就成了一种“结界”。这样即使一个人用餐也会有一定的规制，不会随意怠慢。使用托盘，便能够更加认真对待吃饭这件事。

43 一日不作，一日不食

唐代的百丈怀海禅师开创了禅宗的丛林制度建设，制定了“百丈清规”，成为后世禅宗寺院的基石。百丈禅师倡导“一日不作，一日不食”的农禅生活，即使上了年纪，依然和年轻的弟子们一起干活。弟子们担心师父的身体吃不消，就把他的工具藏了起来，于是百丈禅师当天就没有吃饭。弟子们问他的时候，他平静地答道：“一日不作，一日不食。”这为后世树立了领众熏修的典范，也是中国人自古以来劳动创造生命的价值观。

44 五观之偈

在寺院用餐时，饭前会集体念诵“五观偈”，临济宗寺院的斋堂也叫“五观堂”。这五观分别是：一、计功多少，量彼来处；二、忖己德行，全缺应供；三、防心离过，贪等为宗；四、正事良药，为疗形枯；五、为成道业，应受此食。对此，我略做解释：面对食物的时候，要想到食物的来之不易，背后有很多人的辛劳，要反省自己的德行是否有资格享受如此珍贵的食物。吃的时候，要时刻觉察自己的贪心之念，不要吃多。

食物是疗愈身心的良药，也是修行悟道的资粮。现在，为了能够更好地精进而开始进食吧。虽然有些佛教的气息，但对于食物的这份谦卑之心，是值得我们借鉴的。

45 感谢自然与众生的馈赠

无论在传习中心还是在家，开始吃饭前都会齐诵感恩词。在家里，我和孩子会一起诵读“感谢自然与众生的馈赠”，然后才拿起筷子开始用餐。

我们要怀着感恩的心吃饭，感谢大自然的厚爱和赐予，感谢种植者和生产者的辛劳，同时更要衷心地感谢那些为了滋养我们而牺牲的食物的生命。唯有带着感恩之心，才能让天地自然的爱透过食物滋养和净化我们的身心。同样，在用餐结束后，也要表达感谢：“我吃好了，谢谢款待。”

46 身心安住的四知量

吃饭是为了维持生命的活动，是身安心安的基础。要想达到这个目的，首先要了知食量。饮食知量者，有四个要点。第一是不要太少，吃得太少会让人中气不足，虚弱无力，损害头脑。第二是不要太多，吃得太多，自以为得到了满足，但是会破坏身心的内在平衡，导致如负重任、慵慵懒懒、昏昏沉沉。第三是要相宜而食、消化而食，一定要看自己当下的身体是不是需要，能不能运化，否则既对不起食物，也对不起自己。第四是不要起贪着和烦恼之心，遇到好吃的饭菜，内心不要起贪吃几口的念头，遇到不合口的饭菜，不要起烦恼嫌弃的心。前三个要点是身知量，第四个是心知量。如此，才合饮食之道。

47 物无美恶，过则为灾

中国文化讲究一个“中”字，“物无美恶，过则为灾”。任何食物，并没有绝对的好与坏，吃多了都会出问题。比如，酒本没有好坏，少喝一点还能通经活络、温中散寒，甚至起到通神的作用；但是多喝就会伤身害神，甚至酒后做出乱性之事。荔枝，少吃几颗可以补脾益气，多吃几颗就会上火。白米，营养不如糙米，长期食用会造成营养失衡，还容易引起血糖升高，但是白米煮粥却可以滋阴生津，发烧的时候最为适宜。白糖，正常少量食用没有问题，食用过量则会引起代谢混乱，影响健康。就连水喝多了都会伤肾气。诸如此类，不胜枚举。

48 少吃几口饭的意义很大

很多人认为，要想强壮和健康，就需要吃很多东西。事实并非如此。吃得太多反而容易让我们疲惫不堪，因为肠胃运化这些食物需要消耗很多元气，让整个内脏都超负荷运转。生命靠元气来推动，运化好，可以补益元气；运化不好，反而在身体内形成积滞。现在很多疾病的发生都源自于此。唐代百丈怀海禅师在丛林规则里就有“疾病以减食为汤药”的说法。从更广阔的角度来看，一个人吃得太多，就会吃掉别人的份额，还会占用大量社会资源和劳力。如果大家都这样做，将会有很多人一直挨饿，这会导致世界的失衡。所以，多吃或少吃几口饭，对自己的身体甚至整个世界，都有着看不见的巨大影响。

49 吃到八分饱就该停下来了

关于量，知足就好。吃到八分饱，就该停下来了。乔布斯说“Stay hungry，Stay foolish”，即保持适度的饥饿感，对于身体的活跃度和敏感度是有帮助的，可以让我们与自然之间产生更好的能量交换，变得更加有活力。所以，从现在开始，试着把饭量控制在八分饱，你会发现自己依然能够维持充沛的能量。而且，在餐桌上节制自己的欲望，还可以锻炼出在生活环境发生巨变时的忍耐力。

50 定食是多与少之间的平衡

定食是指每餐只摄取固定分量的饭菜。定食有很多好处，首先是可以充分地细嚼慢咽，吸收食物的能量；其次，可以避免吃多，给身体造成不必要的负担；再次，在吃饭的过程中能够更好地觉察自己的脾气禀性；等等。说到底，定食是多与少之间的平衡。均衡而稳定的饮食更容易让人与自然天地协调，同时也有利于我们的生命获得一种安定、从容的秩序感。如果饮食变动太多，就容易让人失去内在的协调。当然，定食并不意味着拒绝别的形式的饮食，可以在此基础上加以生活化。

51 分餐与合餐

分餐制在中国自古有之。早在周朝，就出现了以席地而坐为主的分餐制。直到后世出现适合垂足而坐的椅子等高足家具之后，才逐渐有了围桌而坐的合餐制，并在明清以后逐渐成为主流。分餐制在隋唐之际就传播到日本，而明末隐元禅师东渡日本，又将围桌而食的普茶料理传入日本。中国历史上少数民族多次在中原建立政权，也多次推动了合餐制的流行。合餐适合家人朋友聚在一起边吃边聊，而分餐更有仪式感，也更加卫生。现在因为人们对健康和饮食文化愈发重视，所以分餐制又重新流行起来。

好好做饭，包含着谁在做、做什么、怎么做的问题。

第二章

好好做饭

一片真心

道元禅师著《典座教训》，详细阐述了典座（大厨）应具备的心态，以及需要掌握的基本做法，为我们树立了好好做饭的典范。

01 典座的含义

典座，是寺院里负责置办餐食的职务，类似今天的大厨，但又远远不止于此。这个职务历来都是由道心坚定、德行高洁的人来担任。若无道心，就是普通的厨师，即便终日劳碌也是徒劳无益。典，有规则的意思。典座就是按照天时和季节运行规则，不断调整餐食变化，使得大家受用之后都能安住当下，获得身心的宁静与欢喜。为此，典座应带着“喜心”“老心”“大心”来烹饪食物，让众人身心康健、道业精进。典座并不囿于丛林生活。一家、一企、一学校、一组织皆有典座。妈妈就是一个家庭的典座，家人之身心健康正系于妈妈。

02 透过食物连结我们的心田

道元禅师在《典座教训》中言道：“典座以绊为道心。”

绊有两重意思：一是羁绊，做饭之人要有将羁绊之情化为成道之心的态度。穿好衣服挽起袖子、站在炉边专注做饭的样子，表明的就是自己愿为众人服务的心。第二重意思是连结。通过对食材的运用，做饭者与进食者的心彼此连结，也让进食者的身心与天地本来自然之道连结。现在，做饭者与进食者之间的距离越来越远，做饭者和种植者之间的距离也越来越远，人们相互之间变得越来越冷漠。过去，一家人在一起吃饭，做了好吃的也会和邻里分享，正是食物将人们的心与心连结在一起啊！

03 做饭是诚意的功夫

阳明先生讲："功夫难处，全在格物致知上，此即诚意之事。"做饭就是格物致知，就是诚意的功夫。不放过任何细节的"诚意"对厨人来说是最基本的材料。对待食材，哪怕是一棵青菜，也要好好珍惜其中蕴含的能量和辛劳。对用餐的人，不要认为是"我做菜给你吃"，而要怀着"请允许我为你烹饪"的谦卑之心。更不要因为吃饭的人可能觉察不到味道上细微的差别，做饭时就随意糊弄。对于自己，更是要内审、慎思、明辨、笃行，不要自欺欺人。厨房是演绎做饭之人的心灵之场，唯有将心注入，方能发现生命之丰富美好。

04 炉边遇见真实的自己

行家一出手，就知有没有。穿好厨服，戴上头巾和口罩，站在炉边开始料理的时候，你面对的不仅是各种各样的食材、餐具、厨具，还有最真实的自己。切菜、做饭、洗碗、扫除等劳作的时候，手上有没有功夫，不用别人看，自己就能知道，以及在哪些方面有所欠缺。做出来的食物其实就是自身当下内心状态的呈现。菜能否洗干净，切得是否均匀，饭的硬度是否适中，有没有不好的情绪，会不会敷衍将就，这些背后都是自身习气和禀性的折射。

05 厨房是锤炼真心的地方

过去有个说法，叫“自古大寮出祖师”，意思是很多祖师大德都是从厨房中走出来的。有诗云：香积厨中好用心，五湖龙象在丛林。说的就是在日常洒扫砍柴、烧火做饭等劳作中，也能够磨炼心性，达到悟道的境界。在培养接班人的时候，更有“有志没志，烧火扫地”的说法。格物致知、正心诚意的真功夫就在烧火扫地中。厨房不仅是家庭生活的中心，更是培养和锤炼人才的地方，关键就看自己带着什么样的心去做饭。

06 三心之喜心

道元禅师在《典座教训》中说，做饭的人要具备三颗心，即喜心、老心和大心。做饭时要带着喜心。能够站在炉边为家人、朋友和众人调配饭菜，这本身就是值得欣喜的事情，是难逢的良缘。通过与食材的连结，能够将千千万万年的生命之流，凝聚在身为厨者的此时此刻，并化为奉献给大家的食物，这是不朽的功德啊！所以，对能够为众人做饭这件事，应该感到特别欢喜。

07 三心之老心

老心就是父母心。即使再贫困的父母，也会竭尽心力去呵护自己的孩子。做饭的时候，就要带着父母养育小孩的那种慈爱之心，饭菜的硬度、口味、分量……每一个过程和细节都要想到。要记住家里每个人最爱吃的饭菜，时不时地为家人创造感动。

08 三心之大心

大心就是要有一颗涵盖乾坤、无偏无私、包容万物的心。物无美恶，对待所有食材要平等视之、不偏不倚，没有贵贱之分，这样才能活用所有的食材。自古说，民以食为天。饮食是延续生命、净化身心的大事，做饭之人必要有一颗大心，才能随时节而改变，调和百味，令吃饭人的身心都能感到满足和欢喜。喜心、老心和大心，这三颗心不仅适合做饭，世间任何工作要做好，都要有这样的心态！

09 平常心是道

马祖云：平常心是道。何谓平常心？无造作、无是非、无取舍、无断常。如果没有执念，就不会有好恶分别。即使烹煮寻常可见的青菜，也不可以有嫌弃轻慢之心，而是要尽心发挥其天性；即使料理松茸这样珍贵的食材，也不要有过分的欢喜兴奋之情，而要用同样的精心烹饪。不要逐物变心，迷失于食材之中，更不要因为食材的好坏多寡而改变心态。一草一木、一饭一汤自有其分量，要用平常心来看待一切，如此自然打成一片。

10 三德之“净洁”

古语垂训：为众人烹饪餐食要具备三种品德，净洁、轻软和如法。净洁是第一德。无论淘米还是洗菜，都必须清洗干净。尤其是青菜类，根茎处容易有泥沙，泡发的干货，如香菇，都要仔细检查，特别注意。为众人做饭的时候，要穿戴好口罩、头巾等，作业中要经常洗手，时刻保持整洁。厨房空间要打扫得干干净净，做饭的过程中要顺手扫除和整理，作业后要保证无油污和垃圾。

11 三德之“轻软”（1）

轻软是指饭菜要不软不硬，刚刚好。这说的是对火候的把握。《随园食单》说：“司厨者，能知火候而谨伺之，则几于道矣。”做饭这件事，从技法上说，最难的就是火候的把握。这就要求做饭的人对食材的特性、状态、火性、调味料的特性等有深度的了解。特别是在食材的预处理环节，用手一掐，切菜时一下刀，就能够感知到食材的老嫩，以便在烹饪的时候调整火候。

12 三德之“轻软”（2）

食物不熟，能量出不来；如果太过，能量就会耗散。比如粥要煮得恰到好处：煮得不够，成了稀汤寡水；煮得太久，食材的营养和元气就都跑光了。要达到轻软，就是既要有“型”，也要保留适度的咀嚼感。对待每种食材，都要认真地格物，同时还要考虑到吃饭的人对食物软硬的需要，如此才能做到轻软之德。

13 三德之“如法”

“如”有契合、合乎的意思，如法作，可以理解为契合于真正法理的做法、具足正知正见的做法、冥顺于道、合乎自然的做法，或者从反面来理解，也就是不违背真正的正法，不违背大自然法则的做法。如法作之德，也就是在厨房的大小事务上，要以正知正见、如理如法地去做。包括但不限于：食材处理要如法、烹饪次第要如法、器物使用要如法、清洗整理要如法、服饰穿戴要如法，等等。尤其处理食材的时候，要按照当季当地、一物全体等料理的原则来制作食物。要顺应食材的性味去处理和烹饪。否则既对不起食物，也对不起吃饭的人。

14 精进料理

精进料理的源头是中国宋代的禅宗寺院，后传入日本并发扬光大，成为影响世界饮食文化的重要一脉。制作精进料理，要怀着“喜心”“老心”和“大心”这三颗心，烹饪出具备“三德六味”、能够滋养与净化进食者身心的食物。精进料理，即秉承做饭和吃饭本身即修行的理念，精勤诚心，不使用任何荤腥类食材，以发挥每种食材自身的特性和全部生命能量为表现形式。制作过程中要摒弃一切杂念，不能有丝毫疏忽怠慢，将心注入并以此来体证禅的精神。

15 不慌不忙地做饭

一行禅师教导说，做饭时要预留足够的时间，才不会觉得匆忙。要想到自己和家人的身心都依赖于自己正在准备的食物，这份觉察会引导我们带着满满的爱心和正念的专注力来烹饪健康的食物。做菜煮饭就是为家人和朋友带来滋养和关爱。

四性五味

在烹饪食物的时候，要了解食材的四性五味。如能做到相宜而食，厨房也是药房。

16 食物皆有四性五味

中国自古就有“药食同源”的说法。神农尝百草之滋味、水泉之甘苦，令民知所避就。药物皆有四性（又称“四气”，寒凉温热）和五味（酸甘苦辛咸）。性本于天，味本于地。四气中温热属阳，寒凉属阴。五味之中，甘辛属阳，酸苦咸属阴。五味入五脏，酸入肝，甘入脾，苦入心，辛入肺，咸入肾。一年四季中，五脏皆有各自当令的时间。什么时间脏腑最旺，就要少吃和它同样属性的味道。五味入口，藏于肠胃，化生精微之气滋养五脏，五脏协调则津液相成、神乃自生。食物和药物的四性五味是相通的，只有熟悉食物的四性五味，才能做到相宜而食、消化而食。

17 寒凉温热之辨别

对植物性食材而言，看看它吸收太阳能量的多少，大致就可以推断出它的性状。食材生长的环境、过程和采食的季节都与太阳息息相关，也就决定了它的寒凉温热。土里生长的根茎类食材大部分性状比较平和，如红薯、山药、土豆等。水中和水边生长的食材性状比较寒凉，如莲藕、茨菰、菱角。喜阳的多温热，如葵花籽；喜阴的多寒凉，如蒲公英。对动物性食材来说，喜动的动物性状比较温热，地上善跑、天上善飞、水里善游的都比较温热，比如羊、鸡、虾。喜静的动物则比较寒凉，比如猪肉、鸭肉。性情温和的多性平，例如牛肉。

18 中和与平衡

食物的寒凉温热，并不是指食物的温度，而是它本身的天性会对我们的身体起到的作用。食物的天性一般不会因加热而改变，除非是烹饪时营养成分发生了大的变化。例如萝卜，生食偏凉，是清火泄气的，炖得烂烂的就变成了温性，是补气的。因此，要成为一位优秀的厨人，就需要根据当下身体的需要，选择适合的食物与烹饪的方法。对正常饮食来说，遇到寒凉的食物，在烹饪的时候可以加一些姜、蒜、辣椒等调料，或者搭配一些温性的食材来中和一下。而如果需要防病疗疾，就要借用食材寒凉温热的偏性，使失去平衡的身体复归于平衡。比如，经常流鼻血，多半是因为肺热，这时候就可以用偏凉性的芹菜、莲藕、白萝卜榨汁来清内热，鼻血也就自然止住了。

19 六味之“酸味”

六味，是在酸甘苦辛咸的基础上，再加上一个食物本身的“淡味”。我们要掌握味道的平衡和药性。酸味入肝，主收敛固摄，可以补肝，但酸多会伤脾胃。古人有“望梅止渴”，可知酸味还能生津。酸还可以解诸味之毒。秋天最适合吃酸味食物，既可以帮助阳气收敛，又能避免秋天的燥金之气对肝木的过度克制。所以，按照当季的原则，秋天多吃果，秋天的果类和食物很多都有酸味，如苹果、柚子、石榴、橘子、橙子、葡萄、山楂……

20 六味之“甘味”

甘味入脾胃，能补益和缓。土里生长的食物普遍味甘，因生长环境不同，往往还兼有其他味道，以兼入其他脏腑。例如，山药味甘性温，色白带酸，补脾而兼入肝肺；大枣皮红肉黄，皮辛肉甘，得以火生土之性，补脾胃生津润肺。春季适合少酸增甘，以养脾胃之气。味过于甘，容易生湿热，心气喘满，肾气不衡（土克水）。需要注意的是，甘和甜是两回事。甘是甘，甜中带着中和之气，甜是像白砂糖那种单调的甜味，其性是不一样的。

21 六味之“苦味”

苦味入心，是火之味，但苦不补火，而是泻火。苦味还能燥湿健脾。烤煳了的馒头片，焦苦入心，可以化食积。苦味还可以坚肾阴，使心火下行到肾水，以达到阴阳互济的效果，因此冬季饮食适合少咸增苦，补益肾脏。

22 六味之“辛味”

辛味入肺，能散能行，可以发散解表、行气活血、通宣理肺。日常生活所用的姜、蒜、葱、花椒、胡椒、辣椒、香菜、桂皮等，都是辛味。蔬菜多寒凉，这些辛味食材可以中和蔬菜的阴寒之气，还能提香。辛味适合白天食用，晚上主收敛，不宜食用过多的辛味食物，比如胡辣汤等，是不太适宜晚上喝的。夏天多吃一点辛味的食物，可以养护肺气。辛和辣是不一样的。辣味比较单一，让人有火烧的感觉；辛是发散的，有热性，也有凉性，比如薄荷，辛凉。

23 六味之“咸味”

咸味入肾，是水之味，能软坚散结、润下通便。微咸，是水之本性，能清火，可以引火下行，大咸则能助火升发。吃得太咸，就会心火过亢，血压升高，让三焦上火。日常饮食味过于咸，会伤肾伤骨，而且会克伐心脏，损伤心的功能，容易引发高血压等病症。日常饮食中，盐是咸味的代表，主宰着食物的味道。咸味一旦削弱，各种不适合人体的味道就会苏醒，让整份食物大失光彩。

24 六味之“淡味”

淡是食物本来的味道，为诸味之体。《菜根谭》里说：“醲肥辛甘非真味，真味只是淡；神奇卓异非至人，至人只是常。”料理，不是追求多么复杂的技艺，而是于平淡中感受自然的调配和生命的美好。作为厨者，三德（净洁、轻软、如法）六味（酸甘苦辛咸淡）要熟谙于心，运用喜心、老心和大心，方能让食者五脏调和，身心得到滋养。

25 厨房也是药房

只要我们掌握了食物的四性五味，日常生活的谷物蔬菜都可以成为防病疗疾的药物，厨房也可以成为药房。因为太太出身中医家庭，我自己也有很长的时间在岳父的身边耳濡目染，亲眼看着他活用厨房的谷物蔬菜、园中的花果枝叶为很多人解决身体的病痛，见证了好好做饭和吃饭的巨大力量。只要我们勤于观察、多多思考，反复实践，不懂的地方就去请教老师，就可以将稀松平常的食物化作灵丹妙药，力所能及地解决身体的许多病痛。

26 厨师的菜刀是双刃剑

明代的紫柏尊者曾著《示厨》，对做饭之人多有导示。他说，饮食关乎生命，通过饮食，人们的体力得到补给，则身康健；人们的心力得到慰藉，则神无扰。身体健康，就有了精进的基础；心神无扰，智慧就能更好地显现。如果饮食不如法，则身多病，心多扰。身心既病且扰，就失去了精进的基础。这样来看，人之身家性命，实际上系于做饭的人（家里通常就是妈妈）手里。如果做饭之人品德不端、性味不精，反而会害了吃饭的人。厨师的菜刀是双刃剑，一旦用错，就会偏离自然的大道，就会让人误入歧途，不但会让人身体出现病痛，严重的甚至会危及生命健康，不可不察啊！

土水火气

27 土是万物生长之本

土壤，有着漫长的进化之路。巨大的岩石变成了细小的颗粒，逐渐风化，动植物的残骸也会被土壤中的细菌、霉菌等微生物分解，化作淤泥，成为泥土中的养分。我们应该牢记土的悠远历史。一厘米厚的泥土，是100年到150年岁月的积淀。今天的土壤，因为化肥农药的过度使用，其受污染程度已经到了极其严重和危险的地步。土壤需要扫除，需要疗愈。我认为最彻底的疗愈方式，就是恢复自然农法的种植和生活方式，食用自然农耕的食材，让自然自己去修复。

28 大地母亲养育着我们

植物、微生物、动物三者通力合作，才能够化育出健康的土壤，植物制造的有机质是微生物的食物，微生物会帮助植物收集矿物质，形成非常好的合作关系。土壤里面有小小的动物会去吃微生物，这些小动物爬行扰动的时候产生大大小小的空隙，这些空隙就像毛巾会吸水一样，把雨水吸附住，土壤就充满弹性，不会硬掉，这就是健康的土壤团粒。这一套循环系统养育了无数的花草树木和它们的果实，也养育了动物和人类。

29 施化肥对土壤的伤害

工业化时代，人们追求高产量大规模生产，却容易造成土壤的贫瘠与死亡。因为农人希望获得比较高的产量，创造经济效益，所以就会施化肥和喷洒农药。施肥的结果，植物有了现成的矿物质，就不再拼命扎根生长以吸取更多的自然养分，就不再分泌有机质养分去养微生物，结果土壤里的微生物就变少了，吃这些微生物的小动物也跟着变少，土壤就会慢慢硬掉。微生物的减少，还会导致距离地面20~30厘米的土层形成“肥毒层”，土壤温度会比地上温度低5~6摄氏度。生长在低冷土壤的作物根本无法吸收足够的养分，如何能长好呢?

30 农药对土壤的伤害

化学工业起步后，人们开始使用大量农药来杀虫，仿佛没有农药就结不出果实。要知道，病虫害的出现正是人们破坏土壤生态平衡之后的必然结果。在自然中，本没有害虫和益虫之分，只有让生物之间维持多姿多彩的生存博弈，才能抑制这些虫类对作物的伤害。简单粗暴地喷洒农药，使用杀虫剂，会对自然的平衡造成很大伤害，同时会将作物与大自然系统隔离。除草剂把所有的草都喷死之后，阳光照到地面上时，土壤会过热，造成其中的微生物休眠或死亡。过度耕田也会伤害菌根网络，破坏土壤团粒结构，以上耕作方式都会让土壤退化，逐渐贫瘠。如果这样循环下去，我们就很难吃到真正自然的食物了。

31 保护土壤是为了人类的未来

人类为了获得更大的收成，不惜破坏土地的承受力，使用农药杀害生命，使用肥料增加产量。增加产量，乍一看似乎有助于人类的发展，但长期来看，带来的负面影响也是十分严重的。要想获得大于百分百的收成，就必然会消耗大量的社会资源。如果人类能满足于有机或自然农业一半左右的收成，不仅能吃到健康的食物，更能够让土壤长久地使用下去。而如果持续像现在这样使用土地，过不了多久土地就会彻底荒芜，甚至无法恢复。

32 选对的食物就是保护土壤

福冈正信先生开创的自然农法，不施肥、不除草、不用农药，用四五十年的时间证明，通过无为而治的耕作方式，恢复生态平衡的土壤的作物产量与科学农法的产量相当。木村秋则先生用一生的时间种出了不打农药不用化肥的苹果。自然农法的价值，不仅提供了最有能量的食物，更是对土壤的净化和保护。现在，我们应该意识到，能好好吃饭，选对的食物是多么重要。采购对土地友善的农人种出来的自然和健康的食物，就是支持农人去做对的事情，就是通过吃来保护我们的土壤，保护我们的大地母亲。

33 为有源头活水来

水是万物化生之源。水在天上形成雨露霜雪，在地下则为海河泉井。水的流动、静止、寒凉、温热，是不同形态产生的差异。不同的水，水性不同。平常喝水最好喝活水，活水是具有流动性的水。比起井水，溪水、河水等就是流动性比较大的水。喝水要适时适量，太多的话会伤肾，同时会导致脾阳不振，体内湿气淤积。早上起床后喝一杯温热水（或者蜂蜜水）可以排毒、清肠养胃。吃饭的时候尽量不要喝水（喝汤最好在饭菜吃完之后再喝），否则会增加脾胃的运化压力。

34 选择优质的水

人体大部分是由水构成的，成年人体内的水脉总长有20万公里，其流动会影响全身各个部位，能让血液、淋巴、胃肠、尿、呼吸的运行更加顺畅。洁净的水能够让新陈代谢变得更加活络，促进血液循环、肠胃蠕动，以及身体排毒。需要注意的是，饮用咖啡、饮料和酒类不能等同于摄取水分，这几样喝多了反而会使血液中的水分变少，会越喝越渴。现在水污染严重，想喝干净的水，最好是用净水器过滤后的矿泉水。尽量避免喝生水，而是喝烧开的温热水，不要大口大口地喝，而是要慢慢地喝下去。

35 火是最好的加热源

不同的热源不仅会给被加热的食物带来不同味道，还会产生不同的药性。能量释放比较“温和”的草木是最理想的烹饪热源。有过农村生活经验的人都知道，柴火饭是最香的。中国古人对火性的把握细微到了每个季节用什么类型的草木最符合人体的需要。然而，城市生活的人不可能生柴火做饭，只能退而求其次，使用天然气燃烧的火。

36 雷电可以促进作物的生长

雷电，在地球生命演进中担任着重要角色。

首先，雷电是天然的“氮肥厂”。亿万年来，雷电不断地向土壤中补充氮肥。一次大的雷雨，可以制造出4万~5万吨氮肥。

其次，雷电是天然的净化器和守护者，臭氧层就是雷电几亿年来活动的结果，而臭氧层保护着地球上的一切生命。雷雨之时，强烈的气流会使大气污染物随之扩散，空气会变得非常清新。

最后，雷电是天然的植物生长加速器，其巨大声波可以震动土壤和植物自身的细胞，促进植物生长。每次雷雨之后的一两天，作物都会茁壮生长。水稻开花的时候正是雷雨多发的季节，雷雨过后既为稻米补充了氮肥，又带来适宜的阳光和空气，促进了光合作用。

日语里将闪电写作“稻妻”，由此可见雷电孕育稻米生命的神奇力量。

37 笑迎风雨

每一份来到自己手里的食材，都是有生命的东西，它们以各自独特的方式，或是在霜重的年头，或是在多雨的年头，或是在干旱的年头，顽强坚韧地活了下来。长势不好的食材，自有其原因。每一年的天气是不一样的，每年田里的蔬菜和作物，以及那些多年生的植物，都在以顽强的身姿来迎接风雨雷电的洗礼。因此，每一年腌渍的萝卜干、酿造的果酒，都会有不同的味道。也许某一年的雨水更适合它们的生长，也许不适合，出来的味道虽殊，但在本质上并没有什么尊卑和好坏之分。带着对食物本身善意的理解，我们会发现我们的生命也随之增加了广度和深度。

技近乎道

38 学习做饭

买菜、洗菜、切菜、做菜、讲菜……持续的基础练习，大量学习前人的体悟，照着食谱一个一个去做，不断累积自己的经验，了解各种食材的性味和特点，熟悉各种气味，掌握食材的搭配原理，搞清何种调味料会产生何种味道，吃自然栽培的纯净食物，专注在每一个做饭和吃饭的当下，全身心地投入，在不知不觉中净化和丰富自己的味觉和心灵之海，如此就是我学习做饭的些许“经验”。

39 买菜

为了让做饭变得更轻松、更有效率，在设计菜单的时候可以一次考虑两到三天的，同时一次买下接下来两三天需要用的食材。动身去菜市场的时候，要先看一下家里还有哪些存货，这样才能避免浪费。新鲜的食材要选当季当地的，如果能买到农家自己种植的就更好了。有条件的话，最好选那些自己认识、值得信任的朋友种植栽培的，这样人与人之间会有一种心的连结。

40 御驰走

“御驰走”是日语中的词，意思是好吃。从健康和修行的角度来说，不宜做不合时节的食物。如果不能得心应手地料理合乎不同季节的饮食，就称不上一个合格的厨师。“御驰走”这个词中，驰和走，指的是在自己的家里、院子里到处奔走就可以发现各种各样的食材，在厨房的角落里也能找到各种可以吃的东西，例如被忘在冰箱里的冷冻食物、库房里的干货、阳台上栽种的薄荷、墙角长出的野菜等等。这就是“御驰走”的含义。

41 淘米洗菜（1）

淘米洗菜要自己亲自动手。精勤诚心地审视食材，一心一意地将每个步骤都做到位，一点细微之处都不能放过。淘米时不能用蛮力胡乱搅拌，只要想办法让表面的杂质脱落即可。力气太大或清洗时间太长容易让米受伤，同时糠皮上的营养元素也会流失。淘米水不可随意倒掉。淘米水为弱酸性，是天然的清洗剂，可以用来洗厨具、餐具和衣服等，也可以用来擦拭家具，有很好的去污除渍效果。淘米水发酵后可以用来洗头发，能改善发质，让头发更有光泽。

42 淘米洗菜（2）

只要碰到手，绿叶蔬菜就会开始慢慢失去生命力。尽可能不要提前清洗绿叶菜。可以用纸将菜包裹好，料理前或者当天早上再拿出来。除了炎热的夏季之外，尽量不要放冰箱。很多人只想着如何更加省力，常常会提前处理，这可以说是一种做饭的技巧，但是技巧不等于智慧。根据食材的特点，呈现出最好的味道、鲜度和营养，才是对食材的尊重；对吃饭人的尊重，才是真正的厨道。

43 蔬菜的生命

蔬菜的上市总体分为早期、巅峰期和晚期三个阶段。我们要尊重蔬菜的个性和所处的阶段，让它们的天性得到充分的发挥。蔬菜体内有“导管”，其作用是“吸水”，帮助植物生长，导管的状态直接影响口味。早期水分足，适合竖着切成条或丝，运用大火油炒或煎炸的烹饪方式；晚期含水量下降，纤维变粗，皮变硬，适合横着切片或滚刀块，用小火慢慢炖煮，才能入味。另外，绿叶菜怕金属，用刀切会产生涩味，最好顺着纹理用手去摘或撕下来。

44 去除蔬菜的杂味

蔬菜多少都会有一些杂味，有的是苦味，如苦瓜、茭菰；有的是涩味，如竹笋、菠菜、苋菜；有的是土味，如牛蒡、甜菜根。去杂味的常用方法包括泡水、撒盐、焯水等。叶类蔬菜泡水不宜超过30分钟，否则会损伤纤维，变得水水的，也不容易入味。泡水时可以放一点面粉或者食用酵素，有利于去除泥沙和农残。撒盐能带走多余的水分，同时去除杂味。蔬菜出水后要稍稍冲洗一下。选择焯水去杂味的话，要使用沸水。焯的时候要注意观察颜色变化，特别是绿叶菜，颜色稍稍变亮就可以，切勿焯过头。

45 菜谱就如同学习书法的字帖

设计菜谱，要考虑食材的性味特点、营养搭配、烹饪方式、颜色组合等。如果要连续准备多天，还要考虑劳动量和体力的分配。在开始学习做饭的时候，可以借助名家的菜谱来佐助，这就如同学习书法时的“临帖”，是十分有必要的。等到能力提升、累积足够经验之后，就可以“丢掉”菜谱，不断创造出自己的菜谱。甚至利用一些边角料和冰箱里的剩余食材，也能创造出新的组合。做饭其实就是日复一日的艺术创作，这也是做饭的乐趣。

46 搭配的学问

以同类、同季、同科为搭配原则，要主次鲜明、张弛有度。也可以用晚期蔬菜搭配下一季的早期蔬菜，增加味道的层次感。我在日本的时候曾有机会向枡野俊明老师学习。老师说，在精进料理中，有一种很特别的搭配方式，以当季食材为基础，配上略微过季的食材和即将迎来盛产期的食材。在一道菜中，我们就可以体验过去、现在和未来的时光流转，丰富我们的内心世界。另外，搭配的时候，还要考虑蔬菜的寒凉与温热的平衡。例如中国人吃的小鸡炖蘑菇，鸡肉是热性的，需要配上阴寒的蘑菇去中和。比如空心菜是寒凉的，适合搭配红辣椒，若不忌五辛的话还可以再加上几瓣蒜，如此才是比较健康的吃法。

47 保存方法（1）

自然农法栽培的蔬菜一般不会腐烂，即使放上好几天，只要泡水就能恢复。也不用考虑什么特殊的保存方式，避免温度的变化即可。现在绝大多数家庭没有条件全部自给自足，吃到的蔬菜也就参差不齐。买回来之后，首先去除塑料包装，让蔬菜自由呼吸。如果为了保鲜，可以用报纸或透气性强的纸包起来，上面喷些水，放在接近其原产地气候的环境中。

48 保存方法（2）

秋冬两季的蔬菜大多可以常温保存。需要放冰箱的，装入保鲜袋或盒子，贴好标签后放入。注意原产地位于热带的不宜放冰箱，如青椒、茄子、西葫芦等。不过在盛夏时，平时常温保存即可的蔬菜也要尽量放进冰箱冷藏。绿叶类蔬菜保持新鲜最重要，买回来后最好在两三天内吃完。土豆、红薯、南瓜、山药等富含淀粉的食材，反而应放置一段时间，才能吃出来最好的味道。

49 阴干与晒干

保存食材的时候会遇到脱水的问题。

对于花叶类食材，例如鲜槐花、桂花，其性较清，若要保存，适宜先在阴凉处晾一下，使水汽散落，待花叶（小茎）变软后再暴晒，这样可以不失食物之性味，直接暴晒容易使食材受伤。

对于可用作香料的，其性多醇厚，可以直接暴晒，减少香气的流失。

对于根茎类食材，宜先暴晒后阴干，这样也是为了保全食物的性味，阴干的过程可以慢慢地敛藏其性味。

50 如何准备一日三餐

第一是按照家人的营养需要、口味习惯、活动强度和消化能力来确定菜式和菜量。早餐一般是比较清淡的粥、面食和渍物，白天活动量大，可以吃煎炒烹炸等高热量、高能量的菜品，晚上活动量小，炖煮蒸拌的低热量菜品更适合一些。

第二，可以2~3天为单位来制订菜谱，这样做的好处是比较高效，避免临时去想吃什么，减少买菜的时间。每次都可以为第二天的安排提前做准备。

第三，早餐为当天的午餐和晚餐做准备，晚餐为第二天的早餐做准备。

第四是充分利用“剩余食材”，减少浪费。

第五是常备一些存粮，例如腌渍物、干货和半熟品等，随时可以应急做出一两道菜来。

51 如何准备一道菜

准备菜品时，有“五法”可以参照，即想法、做法、摆法、吃法和说法。决定吃什么的时候，首先要考虑吃饭的人是谁，人数是多少，当时的季节和当天的天气，根据现有和能采购到的食材设计菜单，还要想到通过自己的菜品向大家传递什么思想，这些都是“想法”。有想法之后，就是具体的做法，即如何如法地烹饪；摆法，就是如何装盘并装饰得有艺术感；吃法，就是先吃什么后吃什么，怎么吃；讲法，就是通过最精练通达的语言把菜品讲给吃饭的人。讲法是至关重要的一环。食物的能量，只有通过做饭人的讲菜，才能不折不扣地传递给吃饭的人。

52 调味原则

调味是料理的重点。无论是炖煮、炒菜还是凉拌，如何做到均匀入味、咸淡适中，是真功夫的显现。调味既要考虑食材的特点、烹饪的方式，还要注意从出锅到入口期间的温度变化带来的口感变化，也就是如何在食物入口的瞬间达到最佳的效果。在食材还没有充分烧透之前，不宜进行调味，否则因为渗透压的关系，食材的组织会变得紧张，纤维无法软化，味道不容易进入食物里面，导致只有表面才有味道。要想均匀地入味，食材就要处理得大小一致，这一点也很重要。

53 调味之炖煮

对于炖煮来说，调味的时候要先把食材用小火炖煮到软嫩之后再调味。这个阶段的火候不能太强，否则外面熟了，中心部分却没有熟透，而造成表面裂开无法保持完整的品相，这就是小火慢炖的道理。在煎炸的时候，也是同样的道理。等到食材熟透、需要加糖或盐的时候，可以分成两三次慢慢加，在不影响食材本身柔软度的情况下，均匀地调味。同时放糖和盐的时候，要先放糖后放盐，否则会让食材迅速脱水、纤维老化，导致无法吸收其他味道。

54 调味之炒菜

炒青菜的时候，因为食材里含有大量水分，如果不注意就会特别容易出水。和炖煮的道理一样，炒菜时加入盐之后，马上就会出水，所以在调味之前，要先用热油将蔬菜炒透，加调味料之后要尽快关火，趁热装盘。要想保持食材原本的脆爽和嚼劲，炒的时间要特别控制，否则也会变得水水的。炒菜的时候，油的温度要够高，不然也容易出很多水。总之，要让食材均匀地炒透，待自身的水分散去一些、食材自己的甘甜和鲜味出来之后，再加入调味料。

55 最重要的还是食材本身

调味的基础是食材本身。若是食材不好，最好的烹调技艺也不会产生真正的美味。如果碰到自然栽培的好食材甚至田里的野菜，厨人需要做的就很少，有时甚至只是洗洗切切、蒸煮一下上桌就好。袁枚先生曾在《随园食单》开篇说道："大抵一席佳肴，司厨之功居其六，买办之功居其四。"那时候还不存在有机还是农残的问题，而现在要准备一席自然的美味，农人栽培之功居其六，司厨之人的心力技艺居其三，采买之功居其一。如果做饭的人能够亲自采买，就最好不过了。

56 温度（1）

料理技术的核心是温度。面对食材时，要认真思考用什么样的烹饪方式、用什么样的温度，烹煮多长时间，让食材达到什么样的轻软程度。

在料理的过程中，必须全神贯注，注意温度给食材带来的变化。这与食材所处的阶段和切法、烹调器具的选择，以及加热源都有很大的关系。例如，煮新鲜的玉米、红薯等淀粉较多的食材时，要选择把整个食材放进冷水里带皮一起煮，用低温小火慢慢加热，才能将其中的淀粉转化为糖分，引出自身的甜味。这是经验和教训的不断累积。

57 温度（2）

水温最高是100摄氏度，水从常温到沸点的控制方式，决定了炖煮的效果。接近沸点的炖煮，会让食材表面硬化，中心部位变得不容易熟透。

将加热温度控制在60~70摄氏度之间，食材可以煮熟，而且表面不会被破坏。因此，要让食材熟透并维持均匀的软度，就要把加热温度维持在这个范围，比如炖豆腐、芋头、萝卜的时候，都要采用这种加热方法。要根据食材表面和中心部位的温度控制而采用不同的烹饪方式。否则，炖煮的食材很难入味，炖出来的品相也可能会折损很多。

58 温度（3）

温度的变化能带来口感的变化。在炖煮卤菜的时候，与温度高的时候相比，关火冷却的过程中食材更容易入味。为了达到这样的效果，就要考虑用餐的等候时间。根据时间和实际需要，可以先关火冷却，吃的时候再稍稍加热，会更好吃。而要炸出松脆口感的炸物，则要先用中火炸，在最高温的时候取出，这样才有松脆的口感。若一直是低温小火的话，炸出来会很油腻，而一开始用大火的话，中心部分还未炸熟，外皮就已经炸焦了。总之，要根据食材的特点和口味的需要来调整温度。

59 温度（4）

在料理食物的时候，还要注意温度的转换。一次，我在炸豆沙馅儿的麻团时发生了“炸锅”，麻团在热油中依次爆开，油、芝麻溅得到处都是，场面相当“壮观”。这是因为我忽略了比油温更重要的事情，就是加热前食材本身的温度。当时的红豆沙馅儿是从冰箱里拿出来直接裹进糯米皮的，温度很低。放进滚热的油锅后，由于麻团内外温差过大，直接导致麻团胀破表皮，四处飞溅。由此，我认识到必须关注表面温度和内层温度之间的差距，并采取相应的加热方式。

60 温度（5）

加热时并不是火一停就结束了，因此要根据实际需要中断加热进程或继续用余温加热。比如，在食物的预处理阶段会焯水。焯水可以去涩味杂味，还可以减少后续烹饪时间。如果要突出脆爽口感，或者需要保留适当的韧度，例如藕，焯水后就需要浸冷水，在中断加热的同时，利用温差收紧食物的纤维。而那些绿叶菜如果要焯水，焯水后直接晾在竹箩上即可，利用余温继续加热，也更能凸显食材本来的滋味。

61 提鲜（1）

鲜味是人的五种味觉（酸甜苦咸鲜）中最晚被认定的。但中国很早就有鲜的概念，羊大为美，鱼羊为鲜。日本学者池田菊苗1908年在海带中分离出谷氨酸钠，并将其定义为鲜味。食材中蕴含的鲜味物质主要有两大类。第一类是谷氨酸，海带、豆类和鱼类中含量较高，西蓝花、番茄、土豆、白菜、洋葱等蔬菜中也很丰富，此外在酱、酱油、味噌、豆豉等发酵食物中也非常丰富；第二类是核苷酸，包括鸟苷酸和肌苷酸。其中，鸟苷酸在菌菇类中含量较高，其代表是干香菇，肌苷酸在鱼干和肉类中含量较高。日本人国中明发现了谷氨酸与核苷酸的协同效应，二者搭配相得益彰，所形成的鲜味强度可以提高数倍。

62 提鲜（2）

除了谷氨酸与核苷酸之外，还有存在于贝类等海产品中的琥珀酸，存在于昆布、豆类（含豆制品）中的天冬氨酸，存在于面包、奶酪、啤酒等发酵食品中的乌苷酸，存在于茶

类里的茶苷酸，存在于鱼类与肉中的腺苷酸，等等，也都是鲜味的重要来源。鲜味是蛋白质的信号，一旦缺乏蛋白质，人就会想吃有鲜味的东西。鲜味物质实际是蛋白质分解后形成的游离状态氨基酸的味道。这种味道其实很清淡，只有与咸味的盐结合在一起形成谷氨酸钠、核苷酸二钠或琥珀酸二钠之类的盐类物质，味道才能充分呈现出来。这就是恰如其分的咸味显得特别鲜的原因。

63 提鲜（3）

人类掌握了提鲜的原理后，就开始工业化生产各种鲜味剂和调味品。为了追求鲜味，很多人甚至已经习惯了各种鲜味剂和调味品的味道，而忘记了食物本来的味道。这些化学鲜味剂和不健康的食物摧毁人的味觉。现在，追求所谓的效率和方便让人们误以为远离泥土和劳动的生活才是舒适的生活，这种想法是很危险的。

64 提鲜（4）

古人虽未从科学上认识鲜味的原理，但是依靠自己的智慧，掌握了很多提鲜的方式。发酵就是最典型的代表。自古在植物性提鲜调味品中占据首要地位的就是各种豆类制品和发酵物，包括酱、酱油、豆豉，酱文化传到日本之后还诞生了味噌。清代饮食专著《调鼎集》开篇就介绍了十几种手工酿造酱和酱油的方法。各种古籍中也有很多利用豆芽、白菜、萝卜、菌菇、竹笋等熬煮高汤调取鲜味的方法，都值得我们去好好研究和实践。有提鲜原理的支撑，以及古人传下的经验，我相信一定可以创造出自然的美味。只是现在很难找到纯自然食材和手工酿造的酱、酱油等调味品了，我的理想是建立一个味觉学校，实现传统自然手作的回归。

65 尝味道

学习烹饪的过程中需要反复尝味。这种尝味，不是简单地在做好菜时确认味道，而是要在烹饪过程中不断地品尝、记下烹饪的时间、调味料的分量等对味道产生的变化。比如，加入调味料三五秒钟、半分钟、几分钟、半小时后，所呈现出的色泽、香气和味道肯定是不同的。这就和点豆腐的过程中，点卤之后要观察豆花凝结的程度是一样的。最好能把每个阶段会产生怎样的结果都用心记录下来，直到可以根据需要，靠直觉决定添加多少调味料、熬煮多长时间，最后和想要的结果也不会差太远。不过，即使很熟练了，每次熬煮时的尝味，也必须审慎地进行。

66 遇到什么，我就成为什么

有一次，岳父教我炒糙米和黑豆。他在讲解如何观察食材颜色和味道变化的时候，突然对我说：“这一刻，你就是糙米！”一句话长铭我心。遇到什么食材，就变成什么食材，这让我想起了干将莫邪炼剑的故事。汪曾祺先生说，把生命炼进自己的剑里，你和你的剑才有合而为一的光芒。

67 专注与出离

作为厨人，专心致志于烹饪，心无旁骛，就是通往学问与修行的道路。站在厨房时，除了全身心忙好手头的工作，还要时刻审视自己，并环视周围发生的事情，以及关照好身边同伴的工作，这些都是相当重要的。完全沉浸在工作中达到忘我的境界，以及能够抽身出来，冷静观察周遭的人、事、物，统筹兼顾煮饭、煮汤和烹炒等同时进行的料理活动，并随时做出预判和应机处理，这两种特质对于想成为好的厨人，乃至在重大餐席时担任主厨都是不可或缺的。在这方面，持续扫除就有着同时训练这两种特质的作用。

68 传统与创新

佛光山慧传法师关于传统与创新的随笔，很打动我。他说：传统，是古人在资源有限的情况下，孕育出的智慧结晶。创新，是今天在食材和条件丰裕的状态下，发挥出的巧智慧心。传统不是笨拙，它孕育出饮食更深的能量，创新不能无根，它发挥出比传统更广的智慧，承袭古人智慧，运用现今的巧思，才能展现当代的价值，也才值得后人的传颂。

69 减少浪费

厨房的工作事无巨细，稍不注意就会产生浪费，包括食材的浪费、食物的浪费、水电燃气的浪费、包装的浪费，还有时间的浪费、体力的浪费，等等。减少浪费的过程，就是厨艺和管理不断精进的过程。从确认用餐人数、用餐量，到对食材的充分利用，一物全体，再到节约和循环用水，离开时检查电器闭合等，整个过程都要避免浪费。道元禅师说，每一滴水里都有佛的生命。惜福！

70 特蕾莎修女的故事

说到减少食物的浪费，我想分享特蕾莎修女的一个故事。一次，特蕾莎修女回加尔各答，在飞机上用午餐。服务员回来收餐盒时，特蕾莎修女发现邻座女孩的午餐就跟没吃过一样，于是就问服务员如何处理别人吃剩的餐食。当被告知会全部丢掉的时候，特蕾莎修女就向服务员请求把乘客吃剩的餐食留给她。最终，当天飞机上很多没有动过的午餐都被她带回了临终关怀院和儿童之家。后来，这个事情传到了很多航空公司和机场，特蕾莎修女很快就得到了很多航空公司、机场的支持，剩余的餐食都不再浪费。她以一种异想天开的方式为穷人和孩子们开辟了一条新的食品供应渠道。这个故事深深触动了我：资源是有限的，要避免浪费，首先就要学会活用有限的资源。

71 环境与氛围

对做饭的人来说，精进不只是单纯地提升烹饪的技术，对吃饭的人来说，用餐的喜悦也不仅限于舌尖的美味。用餐环境和氛围对于饮食也是非常重要的。餐厅的灯光、温度、桌椅、插花、挂轴，都是用餐体验的一部分。做饭的人除了烹饪食物之外，这些也都要关照。在日常的饮食生活中，将自然和人文完美融合，是我作为厨者最大的乐趣。

善事利器

工欲善其事，必先利其器。要好好做饭，就要把工具准备好，这会大大增加做饭的动力和乐趣。

72 菜刀与砧板

对料理来说，一把好的菜刀是非常重要的。好刀要足够硬，足够牢固，刀刃要薄，足够锋利。快刀能够打造平滑的截面，防止蔬菜在切割时释放出涩味，成品的品相也会比较好。如果菜刀不够锋利，就会破坏蔬菜的纤维，截面也会变得凹凸不平，导致出现涩味，或者在加热过程中“散架”，而且钝的刀不仅费力，还很容易切到手。好刀还要搭配一块好的砧板。砧板要平，不能有很多倒刺，否则也会影响刀的使用，进而影响成品的口味。处理植物性食材和动物性食材时，应该使用不同的砧板。每次使用前后都要清洗干净、充分晾干。

73 磨刀与磨刀石

中国有句古话，磨刀不误砍柴工。良厨要先多磨刀。好刀也要经常磨，刚磨好的刀切东西时会让心情很舒畅。但是，什么是磨好的刀，这个问题就没有那么简单了。不管刀刃磨得多锋利，还是会发现刀锋依然凹凸不平，然而就是靠这些不平的地方来切断食材。磨刀石自身颗粒的粗细决定了刀锋呈现出的凹凸颗粒粗细。如果不具备一定的刀工，便没有办法驾驭过于锋利的刀刃，导致刀刃在某些食材上打滑。因此，要根据食材以及食材所处的阶段、自己的刀工程度来决定如何磨刀，并找到适合自己的刀和磨刀石。

74 锅与铲

中国人日常做饭使用的主要有砂锅和铁锅等。我们要根据烹饪方式选用不同的锅。砂锅的导热保温效果好，适合炖煮。煮粥和蒸饭都是砂锅味道最好。铁锅一般用来炒菜，又分为生铁锅和熟铁锅。生铁锅较厚，导热散热相对较慢，适合家常炒菜炖菜。熟铁锅较薄，导热散热快，适合中式爆炒。铁锅配上铁铲，烹饪的快乐感会大幅提升。但是铁锅铁铲容易生锈，日常养护必不可少。所以，很多人开始使用不锈钢锅或带有涂层的不粘锅。不粘锅虽然便利，但是要注意控制使用温度小于260摄氏度，以防止有害物质分解。同时，要防止涂层掉落，不要用硬的东西磕碰（不能用金属材质的铲子或碗刷）。

75 锅盖

与好锅相配的是好锅盖。锅盖的作用包括保温、防尘、减少香气外溢等。炖菜的时候不要频繁掀锅盖，否则容易多沫而少香。以前的锅盖大多是木制的，现在为了方便使用和清洗，多为玻璃或铝制的。在我小时候，木锅盖还是厨房里的重要硬资产，三十年后，家里还在用木锅盖的已经很少了。相比其他材质，木锅盖在蒸饭和炖煮时更能增加食物本身的香味。

76 开锅与养锅

我学习做豆腐的时候，买了一口六印的大铁锅。铁锅第一次使用前要进行开锅。一般家庭开锅时会用猪肉皮，非常方便。因为平日素食的缘故，我在开锅的时候，是先用红砖头打磨光滑，冲洗干净后，加热倒入食用油，油热后用厚的大白菜帮子反复多次蹭刷锅壁，也达到了开锅的效果。开锅后，铁锅会形成一层天然的保护膜，很少会粘锅，而且越用越好用。使用的过程中也要注意保养，要使用比较柔软的清洗工具（如丝瓜络），刷干净后开小火把水分收干，再抹上一层食用油，以防止氧化生锈。

77 美食更需美器

《诗经》里有“笾豆有践”之说，寓意美食器具，行列有序，以赞美周公的德行。做菜不仅要色香味俱全，还需要合适的器皿来摆盘，呈现出仪式和美感。古语云，美食不如美器，建议选购质量上乘且经常用到的合心餐具，这样可以大大增加烹饪的乐趣。菜品与餐具相辅相成，不同的菜品适用不同材质和款式的餐具。在所有的餐具中，白色是最基本的颜色，非常具有包容性，不管什么菜品都可以接受。餐具每次用过之后要清洗干净，并分类摆放整齐。

78 合理使用冰箱

人类几千年前就已经学会了利用冰块储存食物。1978年出土于湖北随县曾侯乙墓中的青铜“冰鉴”，是世界上发现最早的冰箱，距今已有两千多年。家用电冰箱诞生于大约一百年前，现在已经成为家家户户必备的电器。要使用好冰箱，就要掌握食材的特性，除了少量冷冻后更有利于烹饪的食材外，绝大多数食材是不适合放进冰箱的，尤其是蔬菜，自放入冰箱起，很多营养元素就开始流失。以前人们没有冰箱，就会大量制作干货、腌渍物、发酵食品等富有生存智慧的食物。冰箱虽带来了便利，但也限制了人们生存潜能的发挥，让我们变得懒惰。因此，我们要合理使用冰箱，不要依赖冰箱。

扫除，是厨房工作的基本。扫除，可以让环境变得整洁干净。环境变好了，我们浮躁慌乱的内心也会随之安定下来。

第四章

好好扫除

01 洁净

袁枚先生说，良厨要先多磨刀、多换布、多刮板、多洗手，然后治菜。抹布、砧板、菜刀不干净，都会串味。此外，额头的汗水、散落的发丝、灶上的烟灰、锅里的尘渣等，都要时刻注意。如果有一玷入肴，即使再精心制作的菜品，也如同西子脸上有了脏污一样，人人都会掩鼻而过。

02 扫除是基本功

在厨房的诸多作务中，扫除、清洗和整理是基本功。在烹饪的每一个步骤，都有一个动作，那就是将操作台和工具（砧板、刀等）清洗整理干净，再进入下一道工序，一般称之为“有始有终”。在某个节点将场所整理干净，恢复到整洁的状态，再开始做新的动作，这样既可以减少累积的清洗工作，也不会给其他伙伴再使用这些物品时添麻烦。

03 清洗的顺序

清洗作为厨房工作的基本功，我们会放置一个专用水桶，收集淘米、洗菜时留下的可以循环使用的水，用来洗碗浇花等。要在污垢硬化之前清洗或泡水，油污和厨余先用旧纸巾或其他工具擦拭干净，不要带入清洗池。我们建议的顺序是：先洗不带油渍和较为干净的，再洗带油渍和较脏的；先洗重要的和马上要用的，再洗其他的；先洗小的、轻的、危险的（例如刀具），再洗大的、重的、坚固的（例如锅具）。洗碗之后再用沥水架沥干，或者用棉质的布巾擦干净放回原来的位置。如有必要，清洗干净后还要放入消毒机或消毒柜消毒杀菌。

04 容易忽视的地方也要清洗干净

清洗的时候，不要忘记锅碗瓢盆底部和卷边的沟槽也要彻底清洗，这是特别容易藏污纳垢，也最容易被忽视的地方之一。还有锅底，也要清洗干净。我们在传习中心日常使用的锅，锅底都是光亮如新的。清洗全部结束后，还要将洗碗池的池壁和滤网也清洗干净。做饭时洒落的汤汁和水分遇热很容易形成污垢，因此灶台的灶眼儿和支架每次做完饭都要用抹布或百洁布清洗干净。还有垃圾桶，桶壁和卷边的沟槽也同样易被忽视，每天都要检查清洗干净。

05 选择合适的清洗工具

要根据清洗对象和脏污程度选用合适的清洗工具，注意不要划伤餐具和厨具。厨房常用的清洗工具主要有丝瓜络、百洁布、棕毛刷、牙刷等。丝瓜络本是一味中药，可以通经活络，用来做清洗工具，自然环保，不伤手不伤餐具，是非常适宜的。百洁布去污能力很强，用来去除一些顽固的污渍，适合擦洗陶瓷类餐具，如果用于不锈钢材质的餐厨具，就容易产生细细的划痕。棕毛刷是棕榈树纤维制品，经常用来洗锅底。牙刷主要用于清洗一些缝隙和沟槽。每次清洗结束后，都要将清洗工具清洗干净。晴天的时候要把它们拿出去晒晒太阳。

06 尽量选择天然洗涤剂

现在各种洗涤剂五花八门，但很多都会增加对环境的二次污染。建议选择一些相对比较天然的洗涤剂。我家经常用到的三个法宝是：小苏打、白醋和无患子。小苏打，即碳酸氢钠，可以用来日常清洗碗碟、电器、家具，以及水壶里的污垢，清洁的同时还可以去异味。白醋，可以去除不锈钢锅的水垢。

07 无患子

无患子，又称木患子，是无患树的果实，是一味中药材，可以清热祛痰、去积杀虫，也是一种天然的洗涤剂，可以用来洗衣物、洗碗、洗头发等，在南方比较常见。我家附近京杭大运河边有一排无患子树，每逢冬末春初，一树的无患子就会掉落满地。带着儿子一起捡无患子，自制无患子清洗液，成了一家人的快乐体验。无患子的果核非常坚硬，可用于制作念珠，有一部《佛说木患子经》中专门讲过，实为殊胜。

08 利用做菜的空档清洗厨具

不要全部攒到一起再开始清洗。应利用做饭的空档，把厨具顺手分批洗干净。炖菜、煮饭、熬汤，以及其他烹饪过程中有很多的零碎时间，只要几分钟的空档就能洗很多东西。为了提高效率，要随时留意，不要浪费任何时间。此外，还要仔细规划烹饪的顺序，比如需要两个锅子炒菜时，如果同时做凉拌菜需要浇上一点热油，可以先用锅子烧凉拌用的热油，之后锅子甚至可以不用清洗就直接用，这样能节省很多时间和水。所以，做饭的时候必须多动脑筋。把所有饭菜端上桌时，只剩下最后的锅铲需要清洗，其他的都在做菜的空档时间洗好了。只要在实践中多动手、多用心，人人都可以达到这样的效果。

09 正念洗碗

一行禅师说，清洗碗盘时，要像给婴儿洗澡一般。这样清洗，内在和周围都会散发喜悦与平静。只有在不洗碗的时候，讨厌洗碗的念头才会出现。一旦卷起衣袖、站在水槽前、双手接触了温水，洗碗就变得一点都不让人讨厌了。享受慢慢清洗每只碗盘的时光，全身心地体会碗盘、水，还有手的每个动作。要是为了赶快去干别的事儿或喝茶看手机而匆匆洗碗，洗碗的时光就变得令人讨厌了。这样很可惜，因为碗盘是奇迹，我们站在这里洗碗也是奇迹！

10 抹布

厨房的日常清扫和整理都离不开抹布。抹布可以按照擦餐桌、擦干餐具、擦刀具砧板等用途分类管理，不要混用，使用完毕清洗干净之后放回固定的位置。抹布必须保持干净，勤洗勤换，否则食物里就会有抹布的异味。在厨房作业时随身挂搭一条抹布，随时擦拭，可以说是厨人的好习惯。

被淘汰下来的抹布可以清洗漂白干净后当作清洁其他厨具和物品的杂巾，充分循环使用，直到不能再用时再丢掉。

11 一块抹布的经营哲学

传习中心有一款用来擦桌子的抹布，是日本Duskin公司的产品。公司创始人铃木清一先生，在扫除中悟得生命的真谛：对自己，有损或有得，要走有损的道路；对他人，要散播喜悦的种子。

1963年，铃木先生创办了Duskin清洁用品服务公司，以祈祷式的经营理念，带着反省的心、感恩的心、实践愿望的心，向客户散播喜悦的种子。该公司目前在日本服务超过600万户家庭，深受人们的喜爱和业界尊敬。

有损或有得，要走有损的道路，付出大于回报，这是让人心安理得的活法。我们一家人被铃木先生的理念深深感动，决心也要做这样的人。

12 收纳整理

厨房里物品种类极多，包括餐具、厨具、工具、食材、调味料……所有的物品要收纳整理到位。因为每个人的习惯不同，无法给出统一的标准，总体上要强调的，就是取用的时候要非常顺手，收起来的时候要整洁美观。为了达到这个目标，往往需要半年以上的料理实践，过程中还会根据实际需求不断调整变化物品的位置，要时不时地思考“能不能更合理一些”“还有没有更好的位置”，最后确定下来一个相对合理的地方。所谓相对合理，就是在这个阶段、这个环境下，这个做饭人使用最便捷的摆放位置。

13 厨房的地面也要闪闪发光

每天结束厨房的工作时，最后一项便是擦地。烹饪过程中会有水渍、油渍、污渍和厨余黏着在地面，若是不注意，还会有掉落的米粒等食材，这些都是要注意的。每天都要彻底擦洗地面，若有下水道，也要每日清洗干净。垃圾不可留在厨房过夜，以避免滋生异味、杂菌和虫子。地面要闪闪发亮，这样第二天进入厨房时就可以心情舒畅地开始工作了。

14 清洗油烟机与油水分离器

家中厨房的油烟机每天做完饭都要擦洗，这样就不会积攒厚厚的油污。

公司使用的是油烟过滤扇，由于平日工作时间的限制，每日擦洗比较困难。我们会定期进行大扫除，这时候会使用一些碱性洗涤剂来彻底清洗。现在市面也有很多环保型的油污清洗剂可以选用。

洗碗池下方的油水分离器也要视洗碗池的使用频率定期清洗。这些都是厨房扫除的难点所在，要不厌其烦地清洁并享受其中。

15 食材货架和仓库都要时常整理

储存食材的地方应保持通风干燥、整洁干净。食材要分类摆放整齐，如果是公司厨房，干货类的食材、调味料等要设置库存数量，达到最低库存线时应及时采购。食材在考虑保质期的基础上要先进先出，以避免过期变质，产生浪费。如果身处南方，到了梅雨季节和夏季需要每日巡察，保持合适的温湿度，以防止食材变质、生虫等。食材出现问题，若不影响正常食用，应及时处理。

16 凡事彻底

扫除、整理、清洗、做饭、吃饭……这些都是日常生活中的小事，但这样的小事如果能做得彻底，也能产生巨大的力量。这正是扫除道的开创者键山秀三郎先生的清扫哲学——凡事彻底。即坚持以任何人都难以做到的彻底精神，把任何人都能做的平凡小事进行到底。通过“凡事彻底”在工作和生活中的持续实践，可以带给自己、家人和同事更美好的工作和理想生活。

食物的生命与我们是平等的。面对每一份食物或食材，应有一份参赞化育的心，方能顺其性而为。《中庸》有云：可以赞天地之化育，则可以与天地参矣。

第五章 参赞化育

米麦豆菽

01 五谷为养之“稻米”

水稻起源于中国，是世界一半以上人口的主食食材。常见的稻米分为两类：籼米和粳米。籼米米粒长，黏性弱，糖分高，蛋白质少，不抗饿；粳米米粒短，黏性强。大米味酸、性凉，可滋补肺和大肠，使人肺气足、肺津生、皮毛润泽、大便通畅。米饭作为主食，应该选择保留谷衣和胚芽的糙米，而不是精白米。

02 五谷为养之“小米”

小米，古称“粟”，隋唐之前曾经是北方人的主粮，正所谓“春种一粒粟，秋收万颗子”。二十四节气中的谷雨，相传就是仓颉造字感天动地，粟谷从天而降，因此得名。小米味甘、性凉。妈妈熬的小米粥，是很多中国人儿时的美好记忆。熬成稀粥，可以健脾除湿利尿；熬成稠粥（米中有水，水中有米，熬出米油）可以补益脾胃。小米还可以做成干饭，帮助产妇恢复气血和促进乳汁分泌。

03 五谷为养之“黄米”

黄米，古称“黍”，曾经和粟一起成为北方人的主粮。黄米黏性较大，适合蒸成米糕。小时候过年，母亲就会给我做黄米面年糕。北方有“三十里莜面，四十里糕”的说法，吃饱了黄米糕，能让人走上四十里。黄米味甘、性温，能补益心血，尤其适合那些呕心沥血、劳心过度的人。

04 五谷为养之“小麦”

小麦原产于两河流域，四千多年前传入中国，现在中国的南北方均有种植。但南方小麦春种夏收，四气不足，故有小毒。北方小麦秋种、冬长、春秀、夏实，具四时中和之气，兼具寒凉温热，故有麦凉、曲温、麸冷、面热之说。小麦为心之谷，宜养心气，尤其适合容易心慌气短、心气虚弱的人。就连干瘪的浮小麦也是一味中药材，可以镇静安神，敛汗止汗。

05 五谷为养之“菽”

菽是各种豆类的总称，黄豆和黑豆是豆类的代表，原产中国，是植物性蛋白质的最主要来源。黄豆主要用于做豆腐、豆制品和酱（油）等，黑豆主要用于入药。黑豆入肾，可以补益脾肾、祛风除热，宜解诸毒，延年益寿，小粒尤佳。黑豆芽可以清热消肿、利水除湿，尤其适合夏天湿热之季食用。不过豆类吃多了容易胀气，每次食用要少量、适量。

06 糙米

糙米因为保留了谷衣（米糠）和胚芽，是拥有生命能量的米。糙米泡在水里，在合适的温度下，1~2天就可以发芽。糙米富含的脂质是白米的3倍，维生素B_1是白米的5倍，维生素B_2是白米的2倍，维生素E是白米的14倍，食物纤维是白米的6倍，其他各类矿物质含量也都远远高于白米。以糙米为主粮，可以防治便秘，而便秘代表着人体脾胃运化失衡，肠道内环境恶化，毒素集聚，从而给肝脏带来巨大负担，可以说是健康的超级大敌。糙米饭需要细嚼慢咽，否则效果甚微。关于糙米，真的可以写一本专门的书。

07 白米

米+白，粕也。相较于糙米，白米的营养价值很低。人们选择吃精白米，只有一百年左右的时间。我们不提倡以精白米作为主食，会给健康带来很多问题和隐患。但不能说白米一无是处。白米煮粥可以清火润燥，小孩子感冒发烧，白米粥是很好的去热退烧的食疗方式。我们要根据自己当下的身体需要选择食物。另外，磨白米留下的米糠，可以用来制作各种腌渍食物。万物都是一个整体，透过食物，可以磨炼我们一颗无分辨的心。

08 锅巴

我曾经到日本一家专门吃米饭的老店用餐，店家会依次为食客准备三种米饭，首先是火候略欠一点的米，接着是软硬正好的米，最后是锅巴，这三种米饭也可以看作米饭生命中的三个阶段，分三次奉上给客人，让人们在米饭中领略时间的变迁和生命的转化。锅巴虽然很硬，但是能帮助消化，改善肠胃功能，而且没有了米本身的凉性，可以直接细嚼慢咽，也可以用来煮粥。如果已经到焦苦的程度，不仅可以消化积食，还可以清泻心火。

09 陈米

陈米，又叫陈仓米，是指保存超过一年的米，虽然陈化变色了，但没有坏。新米上市的时候正是秋收时节，秉秋金燥气，生发性较强。陈米由于自然的氧化，热量和能量减弱，气味变得淡然平和，可以养胃气，又能裕脾阴，特别适合那些营养过剩或消化吸收功能特别虚弱的人。例如大病初愈、大吐大泻之后的人，用陈仓米熬米汤，效果最好。

10 糙米糊、糙米粥和糙米饭

糙米较精白米对健康有益，然而现在人们的肠胃普遍比较虚弱，虽然非常想改吃糙米，但肠胃难以适应，会出现胃痛的现象。对于这个问题，可以从吃糙米糊开始，然后熬糙米粥，当脾胃功能改善之后，再逐步过渡到吃糙米饭。糙米糊对胃溃疡、十二指肠溃疡以及肠胃虚弱等问题都有很好的改善作用。当肠胃改善之后，就不要以糙米糊为主了，否则肠胃难以得到锻炼，无法变得强健结实。糙米糊的做法详见附录。

11 薏米

薏米，又叫薏苡仁，自古就是药食同源的食材。薏米夏季长、秋天收，味甘、性微寒，可以健脾利湿，补肺益气。

湿热时节，薏米可与赤小豆一起煮汤或搭配大米煮饭，也可与冬瓜搭配来佐膳，利湿消肿；与绿豆、百合一起煮汤，解暑清热。现代研究表明，薏米拥有丰富的蛋白质、维生素、膳食纤维等，具有抗氧化、抗炎症、抗肿瘤、降血糖等功效。

12 大麦

相比小麦来说，大麦的麦芒更长。《本草新编》言："大麦得夏之初气，小麦得夏之中气，初气克削，中气平和。"大麦可以消米谷积食，而小麦能养胃。食疗中常用的麦芽，指的就是大麦芽。

中医有个"焦三仙"名方，就是由焦麦芽、焦山楂和焦神曲组成。麦芽化米谷积食，山楂化肉类积食，神曲健脾开胃，三者结合在一起，几乎可化一切饮食积滞。此外，婴儿要断奶的时候，炒麦芽还可以帮助母亲回奶。当然，大麦芽还有一个被人熟知的用途，就是用来酿造啤酒。

13 燕麦

燕麦，又称雀麦，生长于高寒地带，生命能量非常强大，可以除烦、和胃、扶正。

燕麦中的蛋白质含量非常丰富，高达11%~20%，在所有谷物中名列前茅，钙、铁、硒等微量元素含量也很高，每100克燕麦米含有186毫克钙，燕麦奶完全可以替代牛奶（牛奶阴寒，并不适合一些人的体质），还能养脾胃、敛虚汗、不滋腻。

坚持食用燕麦，可以稳定血糖，降低血脂，预防和控制肥胖、糖尿病和心血管疾病。

14 莜麦

莜麦和燕麦同属不同种，莜麦也叫“裸燕麦”，燕麦也叫“皮燕麦”。莜麦是蛋白质含量最高的谷类粮食，富含人体必需的8种氨基酸，以及多种微量元素、丰富的亚油酸、膳食纤维等，其含有的维生素E、维生素B、维生素H也都十分丰富，在减肥、降血脂、降血糖等方面具有很好的治疗保健作用。

15 荞麦

提到荞麦，首先想到的就是日本那部感人至深的小说《一碗清汤荞麦面》，畅销上百万册，是日韩很多顶尖企业员工素质培训的核心读本。荞麦起源于中国北方，并传播到世界各地。荞麦药食兼用，磨面而食可以充饥、益气力，还可以降气宽肠、健脾消积。不过荞麦不好消化，不宜多食。

16 绿豆

绿豆味甘，性凉却不伤胃，能退诸热、解百毒，盛夏时节清暑利湿。绿豆清热之力在皮，解毒之功在肉。明朝高濂在《遵生八笺》中说："解暑，绿豆淘净，下锅加水，大火一滚，去汤停冷，色碧食之，如多滚则色浊，不堪食矣。"所以想清热解暑时，注意不要去皮。绿豆发芽后，蛋白质分解成了人体更易吸收的氨基酸，炒菜做汤都会很鲜美。绿豆芽深受人们喜爱，李时珍对绿豆芽尤其情有独钟，他认为诸豆生芽皆腥韧不堪，唯此豆之芽白美独异。

17 赤小豆与红豆

赤小豆与红豆颜色相近，经常有人分不清楚。赤小豆粒长，药用价值更高，能够利水除湿、解毒排脓。而红豆粒圆，常被直接称为“小豆”，主要用于制作豆沙、煮粥等日常食物，能补阴血、疏风清热、燥湿止痒、润肤养颜。由日本僧人从中国引入并加以改良的点心“羊羹”是鲁迅先生的最爱，这种点心就是以红豆沙为基本材料制作而成的。

18 白扁豆

扁豆味甘、气温，是五谷之中最纯之味，淡而不厌，可以健脾和中、消暑除湿，解一切鱼蟹草木之毒。《本草思辨录》记载，扁豆花白实白，果实之间藏芽，别有一条，其形如眉，格外洁白，且白露后实更繁衍，盖得秋季金气之最多者。豆类皆味甘而入脾，故能于夏季湿盛脾弱之时，布清肃之令，复敦阜（脾土）之气。因此，白扁豆被誉为“豆中之王”“补脾将军”。

四季时蔬

■ 春

19 芹菜

常见的芹菜有药芹、水芹和西芹，其中药芹是中国本地的传统品种。芹菜是肾脏的清道夫，可以帮助肾脏去湿排毒，也是肝脏的抚慰者，可以平肝降压。芹菜叶和芹菜根都不要丢掉。芹菜叶可以调节肝阳上亢引起的高血压，芹菜根和香菜根都被誉为“小人参”，可以理气排毒。芹菜叶和芹菜根可以用盐和酱油腌制调拌后直接生吃，理气开胃，别具清香。古人讲，嚼得菜根香，则百事可做。

20 春笋

竹笋四季都有，唯冬笋和春笋食用口感最佳，且味道极为鲜美。冬笋是没有出土的毛竹笋的侧芽生长出来的笋芽，比较粗壮。春笋是破土而出的，属于竹笋的嫩芽部分，可以长成竹子。宋代高僧赞宁撰《笋谱》，是中国第一部吃笋指南。竹笋有利九窍、通血脉、化痰涎、消食胀的功效。中国南方山林里有苦笋，又名甘笋、凉笋，可以清热除烦、除湿利水，是不可多得的山珍美味。大书法家怀素作《苦笋帖》，写有“苦笋及茗异常佳，乃可迳来”，苏东坡说“茶笋尽禅味，松杉真法音”，由此可见一斑。

21 荠菜

荠菜是人们最熟悉的生长在春天的野菜之一，辛弃疾有词云：“城中桃李愁风雨，春在溪头荠菜花。”荠菜味甘、性平，自古就受到人们的喜爱，《诗经》里有云“其甘如荠”。荠菜可凉拌、做汤、包饺子、蒸包子，百吃不厌。春天吃荠菜可以祛除冬天积存的寒气，祛血热、平肝明目、清热利湿。

22 香椿芽

香椿味苦、性温，可以温补脾阳肾阳、暖胃消食。老家有一棵香椿树，妈妈经常给我们炸香椿芽吃，香椿芽裹上一层面糊，或酥脆或醇厚，都是美好的儿时记忆。香椿芽以谷雨前为佳，要吃早、吃鲜、吃嫩。但是吃香椿不可过量，因其鼓舞肝胆之气，过则变成肝风肝火。香椿嫩芽叶刺激、鼓舞肝血，但是香椿树的根皮有止血的功效。万物皆是阴阳平衡的整体。

23 马兰头

马兰头，又称红梗菜、紫菊，是春天田间地头常见的野菜，味辛、性凉，凉拌、炒菜、做馅儿皆宜，可以凉血止血、清热利湿、消肿解毒，小便黄赤或口舌生疮的人很适合吃。

24 芦蒿

“呦呦鹿鸣，食野之蒿。”《诗经》中的“蒿”，就是芦蒿，又名藜蒿、蒌蒿。芦蒿是春蔬之上品，苏东坡“蒌蒿满地芦芽短”的诗句脍炙人口。芦蒿有水陆两种，形状相似，但水生者气味较香，质地脆嫩。青蒿苦寒，得春气最早，治留热在骨节间，明目，芳香醒脾，血有虚热者最宜。

25 莴笋与生菜

莴笋，原名莴苣，原产于地中海地区，已有数千年的历史。经过岁月变迁，现在分化为叶用莴苣和茎用莴苣两大类。叶用莴苣就是我们熟知的生菜，茎用莴苣就是今天的莴笋。莴笋甘淡微苦，能解热毒酒毒，利大小肠，能通乳汁。莴笋入馔宜淡，亦可盐腌酱藏，脆美爽口开胃。叶子不要丢掉，做汤、下面、清炒皆宜，可清热解毒。

26 苜蓿

苜蓿，又名三叶草、幸运草，传说由汉代张骞出使西域后带回，原是作为大宛良马的牧草，后来又发展成春天人们喜食的野菜。苜蓿摘净清洗后，可用小米面调拌一起蒸食，曰“苜蓿盘”，既是菜品，又有文化典故。“苜蓿盘”源自唐朝廉臣薛令之的诗句“盘中何所有，苜蓿长阑干”，寓意生活清苦但品性高洁，故为历代名士传颂，苏东坡亦有诗云：“久陪方丈曼陀雨，羞对先生苜蓿盘。”

27 榆钱

榆钱是榆树的果实，因薄如钱币，所以得名。榆钱可以生吃、煮粥、做馅儿，做成菜团子蒸而食之，便是童年的美味佳肴。榆，通“愉”。吃了榆钱，能让人产生愉悦的心情，安稳地睡个好觉。榆耳是生在枯榆树上的食用菌，可凉拌、炒食，有清热利湿的功效。

28 韭菜

韭菜，一种而久者，故谓之韭，曾是春秋时期祭祀用的贡菜。最适合吃韭菜的季节是春天，可以补肾温阳，行气活血，韭菜被李时珍称赞为“菜中最有益者”。韭菜不可多食，多食会令人神昏目暗，乃五荤（辛）之一，为释家所戒。五代时期的大书法家杨凝式有《韭菜花帖》传世，是天下五大行书之一。我的童年时代，母亲常腌制韭菜花，充菜为食，开胃生津，恩情不能忘怀。

29 蒲公英

蒲公英，又称黄花地丁，苦寒，能清热解毒、散滞气、消结核，青春痘、口腔溃疡、乳腺肿痛都可以用蒲公英来调治。蒲公英的根很深很长，用手掰断会流出白色乳液，可解热毒。蒲公英在田间、地头、路边、草坪处处有之，可谓至贱而有大功。

30 芦笋

芦笋原产于地中海东岸及小亚细亚，20世纪初才传入中国。芦笋以绿色居多，还有白色、紫色等品种。芦笋味道鲜美，截面导管密集，色彩和层次非常漂亮。芦笋中含有丰富的抗癌元素——硒。

31 艾草

艾草，又称艾蒿，嫩芽及幼苗可作菜蔬。艾草以叶入药，性温、通十二经，具回阳、理气血、逐湿寒、止血、安胎等功效。以艾叶加工成的艾绒，用于艾灸，可让艾草温通气血的功效得到最大发挥，透诸经而治百病。因其纯阳之性，又可禳毒驱邪，防范瘟疫，为中华民族的健康繁衍做出过巨大贡献。清明节吃青团，端午节挂艾草，都是中国人千百年来的传统。

夏

32 青椒

夏季蔬菜以“瓜”类为主，也就是挂在枝头的蔬菜。打头阵的是青椒。虽然现在一年四季都可以吃到青椒，但最美味的是夏天。青椒原产于中南美地区，哥伦布将其带到欧洲，又传遍全世界。青椒后逐渐分化为两类，一类偏辣，一类偏甜。青椒是维生素C含量最高的蔬菜之一。需要注意的是，椒类蔬菜都怕冷，不要放进冰箱冷藏。

33 黄瓜

炎炎夏日，黄瓜可以为我们带来丝丝清凉。黄瓜含有利尿的钾元素，能够帮助我们排出体内多余的热量，起到祛暑的作用。在食用黄瓜的时候，应注意黄瓜把儿也是可以吃掉的，而且黄瓜把儿里富含一种叫葫芦素C的物质，具有美容润肤、排毒养颜的功效，还可以提高人体免疫力。

34 茄子

茄子，古称落苏，原产自东南亚。汉代传入中国，但并未成为家常食物，直到宋元以后才逐渐传播开来，成为今天人们餐桌上的常客。茄子蒸、煎、炸、腌无不美味，茄子蒂也不要轻易扔掉，可以切片一起烹饪，或者裹上面糊炸成天妇罗吃。茄子蒂有很好的药用价值，具有凉血、解毒之功效。

35 番茄

番茄，俗称西红柿，原产自南美安第斯山脉周边，如今已经遍布世界各地的餐桌，生食、煮、煎、做酱皆宜，可以生津止渴、健胃消食。番茄中主要的营养是维生素，主要包括维生素C和番茄红素。番茄红素是类胡萝卜素（维生素A的主要来源）中的一种，可以增强免疫力、延缓衰老等。

36 丝瓜

丝瓜，味甘性寒，全身都是宝，可以清热消肿、润肠通便、通经活络。丝瓜皮不要丢掉，可以直接和丝瓜肉炒着吃，清热去火，还能对治长疖子和青春痘，外敷内服都可以。丝瓜花能缓解肺热咳嗽，丝瓜叶可以外敷，用于治疗皮肤过敏发痒。丝瓜老了之后，黑色的籽可以通便驱虫。丝瓜络既可以作为中药舒经活络，清除体内淤积的风和湿，也可以用来当刷子，洗碗、洗澡都很好用，健康环保。

37 冬瓜

冬瓜，又称枕瓜，因为表面会长出一层像冬天下霜一样的东西，加之又可以从夏天一直吃到冬天，所以被称为冬瓜。冬瓜味甘、性凉，可以利尿消肿。冬瓜皮质地较厚，难以咀嚼，可以切丝腌成小菜，冬瓜子可以清热排脓。

38 苦瓜

苦瓜味苦、性寒，夏天食用可以清热祛火，增进食欲，帮助消化，而且其自身的苦味不会传给其他食材，因此被誉为“君子菜”。我们平常见到的苦瓜都是绿色的，那是它没有成熟的样子。苦瓜成熟后的外皮是金黄色的，瓜瓤也会变成鲜红色，味道会变得甘甜，可以补益脾胃。

39 西葫芦

西葫芦原产北美大陆南部，19世纪中叶引入中国。西葫芦味道清淡、口感独特，有除烦止渴、清热利尿、消肿散结等功效。鲜嫩的还可以生吃。

40 豇豆

豇豆是世界上最古老的蔬菜作物之一，可菜、可果、可谷，能理中益气，健脾补肾。制作成酸豆角，酸脆可口，帮助消化，增进食欲。

41 毛豆

从春天到夏天，豌豆、蚕豆、豇豆、四季豆，再到毛豆，一棒接一棒地袭来，你方唱罢我登场。毛豆是大豆没有成熟时的青豆，非常适合做成小菜，能够抚慰人们在夏季因高温而疲惫的身心。毛豆最适宜的料理方法是煮。煮的时候不要把水煮沸，用低温慢慢煮，淀粉会逐渐转化为糖分，让毛豆变得更甜。豆荚裂开后，毛豆就煮好了。可在煮好后趁热撒盐调味，若是直接放盐来煮，豆子容易变硬。毛豆表层的薄皮也是可以吃的，富含纤维素。

42 秋葵

秋葵原产于非洲大陆。秋葵表皮上长满了绒毛，这些绒毛可以敏锐地捕捉风的走向，帮助秋葵调节体温。为了适应干燥的环境，秋葵进化出了独特的黏液，可以锁住水分。黏液的主要成分是果胶等膳食纤维，有增进食欲、消暑的作用。

43 苋菜

苋菜，民间俗称补血菜，伴随夏日阳光而来，味甘、性凉，铁、钙等矿物质含量非常丰富。苋菜色红，能清肝热和血液里的热毒，进而养肝血、明目，故苋也为“见”。苋菜非常容易消化，可以清热解毒，通利二便。陆游有诗句赞曰：“红苋如丹照眼明，卧开石竹乱纵横。”近现代作家张爱玲也喜食苋菜，曾写道：“苋菜上市的季节，我总是捧着一碗乌油油紫红夹墨绿丝的苋菜，里面一颗颗肥白的蒜瓣染成浅粉红。”真是道出了苋菜的精彩。

44 空心菜

空心菜，古称“蕹菜”，味甘、性寒，清热解毒，可以解食物里面的毒，能清血毒，还可以清胎毒。用新鲜的空心菜煮水洗澡，对缓解婴儿湿疹也有帮助。空心菜空心，可以通气排水湿，清肠胃之热，非常适合肠胃积热、大便不通的人食用。

45 木耳菜

“青青园中葵，朝露待日晞。”《长歌行》诗句中的“葵”，就是木耳菜，学名落葵，可以清热解毒、通利二肠。古人赞赏其口感脆滑鲜嫩，多作为菜羹食用。白居易有“绿英滑且肥”的诗句，而老饕苏东坡更说“似可敌莼羹”。现在世人尽食其叶，很少见到它的花和果。木耳菜的浆果富含色素，可捣汁，颜色如胭脂，能用来点唇或染布。因此，木耳菜又被称为胭脂菜、染绛子。

46 马齿苋

马齿苋，是夏季田间地头常见的野菜，又名五行草、长寿菜，其叶青、梗赤、花黄、根白、子黑，汇聚了五行的精气，可以帮助身体全方位清热。马齿苋味酸、性寒，可以清热解毒、凉血止痢、护肝、清心火、祛肺热。皮肤长火疖子、青春痘，可以把新鲜的马齿苋捣烂敷在患处。马齿苋也是肠道的清洁剂，可以清胃热、排宿便，还是肝脏的守护神，可以降肝火、保护肝脏。

47 紫苏

苏者，从酥，舒畅也，行气活血，故谓之苏。有叶子两面均为绿色的，古人称之为“白苏”；叶子正面绿色、背面紫色或两面均为紫色的，统称为紫苏。紫苏味辛、性温，有天然的香气，可以活血定痛、理气开胃、解体表之风、散血脉之邪，同时能制一切鱼肉虾蟹之毒。紫苏子也是一味中药，可以降气定喘。苏叶散多于收，苏子则收多于散。白苏在料理界也被称为青紫苏，是紫苏的变种，香味更加浓郁，口味清爽，主要以食用为主。

48 薄荷

薄荷常被用来作为香味蔬菜或菜品的点缀，同时也是一味中药，其味辛、性凉，可散风热，解风邪郁结，其力能外达肌肤、内透筋骨，宣通脏腑、提神醒脑、清咽利喉。薄荷服后会出凉汗，因而能清温，是以宜于温病。

■ 秋

49 佛手瓜

佛手瓜原产于中北美洲，19世纪传入中国，瓜形如双掌合十，有祝福之意，故被称为佛手瓜。佛手瓜既可做菜，又能当水果生吃，清脆爽口，甘甜多汁，还可以做成理气开胃的渍物佐餐。

50 南瓜

南瓜起源于中美洲，既是蔬菜，又是粮食。南瓜味甘、性温，可以润肺益气，化痰排脓。南瓜子也是一味中药，能用来驱虫、化痰、散结，还能预防结石病。

51 玉米

玉米即玉蜀黍，原产美洲的墨西哥地区，明代传入中国，与红薯一起作为主粮，成为明清时期中国人口大增的重要因素。玉米现在已是世界上最主要的粮食作物之一。玉米中含有丰富的膳食纤维，可以促进肠道蠕动，从而起到促进消化、开胃的作用。玉米须也是一味中药，又称“龙须”，能利尿消肿、平肝利胆。大量煎服作为茶饮，可以改善膀胱湿热带来的小便短赤、涩痛等症状。

52 红薯

红薯，又称番薯，明代自菲律宾传入中国。福建商人陈振龙将一根藏有红薯的藤条编在箩筐里，躲过了出关审查，将其带回中国并试种成功，后来红薯多次成为中国人的救荒食粮，被誉为“天下第一利济无穷”之物。红薯味甘、性平，可益气力、补虚乏、健脾胃、润皮肤、通便秘。红薯富含各种蛋白质、淀粉、维生素、矿物质、膳食纤维等，因而被誉为营养最为均衡的食材，且生食、熟食、蒸晒皆宜。红薯叶也是非常好的食材，可以净化血液、通利肠胃、抗疲劳等。

53 土豆

土豆原产南美安第斯高原，明代传入中国，又称土芋，学名马铃薯，其叶如豆，而根圆如卵，这根就是我们常吃的土豆。土豆味甘、性平，熟食甘美不饥。蒸、炒、煮、炸、炖，每一种方法都能呈现出土豆丰富多样的味道。切开的土豆可以放进水里泡一泡，防止变色，同时去除多余的淀粉，使口感更清脆。削下来的土豆皮可以炸着吃，和炸薯条一样美味。生土豆可以用来解毒，生研水服可以催吐。

54 芋头

芋头，也称芋艿、土芝。中国是芋头的原产地之一，人们长期将其作为主粮和蔬菜食用，广西的荔浦芋头在清代曾是御上贡品。芋头可以宽肠胃、充肌肤，调中补虚，其中含有的黏液蛋白，被人体吸收后能产生免疫球蛋白，可提高人体抵抗力。芋头可蒸、炖、烤、调羹，皆美味可口。还有一种“煨芋”，在煮饭烧柴的火灰里一点点焙熟，严冬时节最适。苏东坡有诗云：“他年记此味，芋火对懒残。”说的是唐代衡岳寺高僧明瓒，性懒而食残，自号懒残。李泌异之，夜半往见。当时懒残和尚正在拨火煨芋，看到李泌后递给他半个芋头，并对他说，领取十年宰相。李泌后来果然拜相。于是煨芋就成了中国人绵延千年的吃芋之法，更形成了悠悠千载的煨芋文化。

55 山药

山药，本名薯蓣，先是避唐代宗李豫的豫，被改为薯药，又在北宋避宋英宗赵曙的曙，于是从薯药改名山药，一直沿用至今。山药色白入肺，味甘归脾，可以健脾开胃、补肺润肤、固肾益精、补中益气、滋润血脉，尤以河南焦作地区（古怀庆府）的铁棍山药最为有名，药用价值最高。山药与芡实是一对固肾益精的好搭档，可一起煮粥食用。“华德福”创始人鲁道夫·斯坦纳认为，山药是光一样的食物，是让人能量上升的食物。

56 菌菇

秋季是各种菌菇争相上市的季节。目前，世界上共有上万种菌菇，其中一千多种可食用，但实现人工栽培的只有几十种。松茸、松露、鸡油菌、牛肝菌是世界四大名菌。松茸、羊肚菌、鸡枞、竹荪是中国的四大名菌。茯苓、灵芝、猴头菇等自古就是珍贵的药材。日常食用的香菇、草菇、金针菇、茶树菇、蟹味菇、杏鲍菇、黑木耳、银耳、虫草花等，不一一举述。味道鲜美是大多数菌菇的特性，菌菇含有丰富的氨基酸、维生素和微量元素，不过其生长环境大都是最偏僻最阴暗的地方，性质也多偏于阴寒，少食为宜。食用时可搭配一些温热性食材或调料以平衡之。

57 松茸

松茸，学名松又蘑，也称松蕈，是一种纯天然的珍稀名贵食用菌类，在我国主要分布于四川、云南、西藏等地，对生长环境要求极为严格，无法人工栽培。现代科学研究发现，松茸含有18种氨基酸、14种微量元素、49种活性营养物质、8种维生素……其营养价值之丰富无与伦比，具有提高免疫力、治疗心血管疾病、养颜、抗衰老、促肠胃、保肝脏等多种功效。松茸还含有独一无二的抗癌物质——松茸醇，可以预防和治疗癌症。因此，松茸被誉为“菌中之王”。然而松茸虽珍贵，道元禅师却告诉我们，料理松茸和青菜的心情应该是平等的。

58 猴头菇

猴头菇自古就是名贵的山珍之一，被誉为健脾养胃第一菌。猴头菇生长在深山密林之中，味甘、性平，可养护脾胃，消食助运化，化痰理气。猴头菇本有苦涩之味，可先用温的洗米水泡发后撕成小朵，充分清洗干净后，再煮粥和熬汤。干品也可磨粉食用。猴头菇与小米是绝配，搭配在一起煮粥，可以很好地调养脾胃，老人孩子都很适合。

59 木耳与银耳

木耳，即黑木耳，被称为肠胃和血液的清道夫，可以帮助人体排出肠胃和血液中的各种垃圾和毒素，还能益气活血、美容养颜。银耳味甘、性平，可以滋阴、润肺、养胃、生津，润而不寒、甘而不腻、补而不滞，可润秋之三燥（肺燥、肠燥和皮肤干燥）。银耳与雪梨搭配，可清除内热；与百合搭配，可对治大便秘结；与莲子搭配，健脾养心；与桂圆搭配，可缓解血虚体寒。

60 鱼腥草

鱼腥草，古称蕺菜，又叫折耳根，生于潮湿的地域，因叶有腥气，故被称为鱼腥草。相传春秋时代越王勾践卧薪尝胆之时，曾带领众人择蕺菜而食，以度饥荒。鱼腥草在中国长江以南湿气较重的地区是非常重要的日常食材，其味辛、性凉，用于对治各种热毒湿邪，能清热解毒、消肿疗疮、利尿除湿、清热止痢、健胃消食等，被称为天然的消炎药，其性能够通达人体的上中下三焦。上至咽炎、肺炎，下至尿道炎、阴道炎、肾炎，鱼腥草都有很好的治疗效果。

61 甜菜根

甜菜根，又称甜菜头，原产地中海沿岸。在古希腊是神圣之物，用来献给太阳神阿波罗，在英国是治疗血液病的天然食物，被誉为“生命之根”。甜菜根生吃、凉拌、腌渍、榨汁皆可，还含有丰富的硝酸盐，可以舒张血管、缓解血管硬化，促进血液循环。同时，甜菜根是补血补铁的天然佳品，特别是含有植物性食材少有的维生素B_{12}，可预防贫血。甜菜根还是孕妇补充叶酸的天然食物，是增进肠胃蠕动、促进消化的清道夫。

62 胡萝卜

胡萝卜，原产亚洲西南部，元代自伊朗传入中国，被誉为“小人参”。胡萝卜含有大量可转化为维生素A的胡萝卜素，能保护眼睛。胡萝卜入馔，因为有鲜艳的色泽和独特的味道，故多以配角出现。黄胡萝卜是中国胡萝卜与日本胡萝卜杂交孕育的品种，其肉质柔软，适合生吃或蒸着吃。

63 百合

百合因其鳞茎由许多白色鳞片层环抱而成，状如莲花，取“百年好合”之意，故被称为百合。其味甘、性平，可以安心定志、润肺泽肤、祛风涤热。或蒸或煮，干品还可以磨粉，充饥、补中、益气。

■ 冬

64 萝卜

萝卜，古称莱菔，与大白菜同为中国人餐桌上的“当家蔬菜”。俗语云，“萝卜白菜保平安”。萝卜品种颇多，以大白萝卜最为有名。白萝卜生吃甘辛通气，生津止渴，降火涤热；熟吃甘甜降气，调训气机，消化积食。炖得烂烂的，还可以补气。萝卜皮也不要丢掉，晾晒腌制的萝卜干，理气消食，是通利下三焦的神品，越陈越香。萝卜子，即中药莱菔子，下气尤捷，可以止咳喘化痰，消解米面积食。春季还可以用生莱菔子自己发芽成萝卜苗。萝卜叶可腌制成佐菜，其功同根。

65 白菜

白菜原产中国，古称菘菜，与萝卜、生姜、豆腐并称为“上清四秘”。俗话说，“萝卜白菜，各有所爱”。萝卜促进消化，而白菜促进排出。白菜可以清肺热、化痰、清肠、排毒。尤其是卷心大白菜，先向上长再往里收，边生长边收住自己的养藏之力。经过霜雪洗礼的大白菜能量会更强，甜度也会达到顶峰。一棵白菜可通过颜色作为分界线分为3~4个部分，炒、煮、炖、生吃各有所用。白菜帮子可以直接煮水喝，排毒养颜。白菜心浓缩了白菜的鲜味，用来熬制高汤，或用于火锅和炖菜的汤底，溢满清甜之气。大白菜直接整棵腌渍成酸白菜，健脾开胃，自成一绝。

66 甘蓝类蔬菜

西蓝花、花椰菜、卷心菜（又叫圆白菜）、紫甘蓝、大头菜等，都是同属十字花科的甘蓝家族成员。甘蓝类蔬菜原产地中海沿岸的阴冷地区，经过了上千年的变异和再变异过程。卷心菜和紫甘蓝是结球甘蓝，主要食用叶子，吃的时候叶子不宜动刀，而是要用手撕，顺着叶脉走向轻轻撕开。西蓝花由卷心菜变异而来，花椰菜又是西蓝花的变种，主要食用花球，食用的时候也是尽量不动刀，而是用手掰成小束。中国南方还有一种芥蓝，也叫菜薹，有青、紫之分，据说是甘蓝传入我国后独立孕育出的变种。早在北宋时期芥蓝就已知名，苏东坡有诗云：“芥蓝如菌蕈，脆美牙颊响。”

67 菠菜

菠菜，又名波斯菜，原产于今天的西亚地区，唐代传入中国。菠菜开胸膈，通肠胃，润燥活血。菠菜耐寒，苏东坡诗云：“北方苦寒今未已，雪底菠稜如铁甲。岂如吾蜀富冬蔬，霜叶露芽寒更茁。”菠菜含有大量的草酸，食用时可在沸水中焯10秒后捞出，浸泡冷水后沥干，去除涩味。菠菜的根味尤美，不要丢掉。

68 茼蒿

茼蒿，又称蓬蒿，俗称蒿子秆，古代曾是宫廷佳肴，被称为“皇帝菜”。茼蒿有蒿之清气、菊之甘香，味甘辛，有安心气、养脾胃、消痰饮、利肠胃的功效。

69 香菜

香菜，学名芫荽，由汉代张骞出使西域时带回，又叫“胡荽”。香菜辛温香窜，既能帮助心肺抵御病毒，又能补益提振心阳。其独特的香味可以醒脾开胃、消食解腻，内通心脾、外达四肢，辟一切不正之气。香菜根也是一味宝物，可以驱肺邪、理气、健脾、开胃、退热解表，辅助治疗风寒感冒。

以花入馔

70 梅花

“不经一番寒彻骨，怎得梅花扑鼻香。”梅花冬天生出花蕾，当春开放，无畏霜雪，是万物一阳复始的时序花。千百年来，人们都在歌颂梅花的品格，清代大医赵学敏《本草纲目拾遗》亦赞颂梅花：“梅之德所以为大，天地一阳之复不可见，见之于梅。”梅花入馔，源自中国古人的饮食风雅。梅花味酸清香，开胃散郁，用来煮粥，可以助清气上升，蒸露点茶，可以止渴生津，解暑涤烦。

71 玉兰

玉兰花的花蕾自深秋开始孕育，等待来年早春天暖之际，绽放出傲人的花朵。其花蕾学名辛夷，性温、味辛，归肺、胃二经，辛散温通，芳香走窜，可利九窍、通鼻塞、除浊涕、生须发、祛脸上的黑斑。玉兰与众树同植，必高于众树而后已，其本性专于向上，故能升达清气。又最先得春之气，故能梳达肝气，芳香清烈，可驱逐邪风。玉兰花的花朵硕大，花瓣肥厚，可以直接入馔做汤，也可裹上一层面糊炸成天妇罗，别有一番滋味。

72 槐花

五月槐花，香气袭人。用钩子钩一杈下来，抓起一把往嘴里塞，就是小时候吃槐花的印象。槐花未开之前称为“槐米”，和槐花一样既是食物，也是药物，其性寒凉，可以清热、凉血、泻肝火。初夏时节，槐花可以生吃、凉拌、做汤、焖饭，平抑春天生发过度的肝气。因为槐花性寒，脾胃虚寒的人要少吃。生吃几朵就够了，凉拌时可以加些姜末、花椒等温性的调料中和一下，也会更好吃。

73 木槿花

“松树千年终是朽，槿花一日自为荣。”这是白居易赞美木槿花的诗。木槿花朝开夕落，虽然只绽放一天，却仍是生命本有的光芒。木槿花夏季开放，鲜花能直接食用，早上采摘，可以裹上面糊之后炸着吃，或者用来煮粥做汤。作为药食，木槿花味甘苦、性凉，具有清热利湿、凉血解毒的功效。

74 桂花

农历八月，古称“桂月”，是赏桂花的最佳时节。古人赋予桂花无限吉祥之寓意，白居易怀念恩师，写下了“遥想吾师行道处，天香桂子落纷纷”的诗句，李清照更是对桂花有着“何须浅碧轻红色，自是花中第一流”的赞誉。桂花性温、芳香，煎糖、泡茶或浸酒，可以散寒破结、化痰生津。以桂花酱、莲藕和糯米为食材的桂花糯米藕，香糯可口，承载着无数人的江南记忆。

75 菊花

菊花在深秋时节开放，不与俗争，凌寒怒放，是气韵高洁的君子之花。陶渊明的“采菊东篱下，悠然见南山”便寄托了中国人对回归自然生活的美好向往。菊花作馔自古有之。早在战国时期，屈原就在《离骚》中写下了“朝饮木兰之坠露兮，夕餐秋菊之落英”的诗句。菊花可以做糕点、煮粥、制茶、浸酒，入药可以清热解毒、疏肝明目。

水果不是日常食物的主角，是帮助消化的。不可以把水果当作主食来吃，否则不仅身体得不到滋养补充，长久还会伤损元气。

76 樱桃

樱桃是初夏最早成熟的水果之一，颗如璎珠，故名樱。樱桃味甘、性热，有美颜润肤之功，但不可多食，诸病皆忌。

77 枇杷

枇杷在秋季孕育蓓蕾，冬季开花，春天结果，夏初成熟，是果木之中独备四时之气者。枇杷甘酸润肺，其颜色金黄鲜亮，彰显吉祥与喜庆；累累果实，象征子嗣昌盛，有“果中之皇”的美誉。枇杷叶凌冬不凋，自古以来就被视为珍贵的药物，可以清肺止咳、降气化痰，多用于治疗咳血和肺热咳嗽等症。现代生物科学研究发现，枇杷叶中含有苦杏仁苷（又称维生素B_{17}），经人体吸收后，可分解为氰酸和苯甲醛，这两种物质都有抗癌的作用。苯甲醛还可以在体内转化为具有强镇痛作用的物质。东城百合子老师著有《枇杷叶温灸疗法》，将枇杷叶应用于艾灸，可以消除疼痛、疲劳，让人愉悦，对疑难病症也有非常好的效果。

78 西瓜

西瓜是夏天的水果之王，被称为“天生白虎汤”，可以清热、生津、润燥、解暑。西瓜皮，又称“西瓜翠衣”，吃完西瓜之后把外面的绿皮削掉，切成丝或条凉拌，或者腌着吃，开胃爽口。冰镇西瓜伤脾胃。西瓜性寒凉，扬州当地有“咬秋”的习俗，立秋这天要吃西瓜，但是过了立秋就要少吃甚至不吃西瓜了，就是要降低吃西瓜带给脾胃的压力。西瓜子与西瓜瓤性相反，瓜子性温，晒干食用可以清肺止咳、润肠通便。当然，牙口好的，吃西瓜时西瓜子是可以直接嚼服的。

79 桑葚

桑葚，亦名桑葚子，是桑树的果实。数千年以前，中华民族就开始在中原大地上栽植桑树，桑叶用来养蚕，与农耕并为立国之本。桑树的皮、叶、花、果皆可入药，桑葚味甘酸而性寒，作为水果可以直接食用，富含人体所需的大量氨基酸、维生素和矿物质，生津止渴、润肠通便、美容养颜。作为药物，用来煎水或酿酒，可以滋阴补血、补肝益肾、乌须黑发、聪耳明目、延缓衰老、安神养心。

80 杨梅

杨梅原产中国浙东地区，数千年前就有种植。杨梅味甘酸、性温，可直接食用，又可加工成杨梅干、蜜饯等，还可以酿酒，有止渴、生津、助消化等功能。杨梅亦不可多食，损人筋骨。

81 杧果

杧果为热带水果，原产自印度大陆，在中国主要分布于广东、福建、海南、广西和台湾等地。玄奘法师在《大唐西域记》中就有“庵波罗果，见珍于世”的记载。杧果可以防治晕车晕船带来的呕吐。

82 荔枝

荔枝在中国可谓家喻户晓，苏东坡的“日啖荔枝三百颗，不辞长作岭南人”，以及杜牧的“一骑红尘妃子笑，无人知是荔枝来”，这些诗句给荔枝做了一千多年的广告。荔枝也作“离支”，若离本枝，一日色变、二日香变、三日味变，杨贵妃能吃到新鲜的荔枝颇为不易，有人推测她吃到的荔枝大概率出自川蜀。荔枝味甘、性温，气味纯阳，一次不可多吃，几颗为宜，否则很容易上火，导致牙龈肿痛、流鼻血、口腔溃疡等内热。荔枝壳则性凉，与荔枝肉阴阳互补，可解过食之弊。

83 龙眼

龙眼肉和荔枝肉在外形上颇为相似，而且荔枝才过，龙眼即生，南方人称龙眼为“荔枝奴”。因其成熟在八月桂花开放的季节，亦称“桂圆”。二者相较，水果以荔枝为美，滋益以龙眼为良。龙眼味甘，鲜果微温，干果平和，可补心血，益脾阴，安神定志，乃果中神品，又以福建中部所产为最优。龙眼亦不可多食，易生湿热。和荔枝一样，龙眼的核和壳都是中药，特别是用龙眼泡水喝的时候，可以带着壳一起泡，这样就不会上火了。

84 桃与桃仁

桃自古就受到人们的赞美。《诗经》中就有“桃之夭夭，灼灼其华。之子于归，宜其室家”的诗句。桃辛酸甘热，补心活血，解渴充饥。桃仁苦甘，甘重于苦，甘以和血，苦以散结，尤其善攻瘀血、润肠道，可使瘀者化，闭者通，积者消。桃木味辛、气恶，可以压伏邪气，故古人用桃符来辟邪。王安石有诗云：“千门万户曈曈日，总把新桃换旧符。”

85 杏与杏仁

杏是中国文化中一个特别的存在。杏林是中医学界的代称，而杏坛是孔子讲学的地方，杏林和杏坛分别代表了医生和教师这两种伟大的职业。以饮食论，杏味甘酸而热，作为水果不宜多食。杏仁分为甜杏仁和苦杏仁两种。甜杏仁用来做菜食用，苦杏仁用来入药，其味甘苦，苦重于甘，可以散结降气，润肺止咳。桃仁治血、杏仁治气。现代研究发现，苦杏仁中富含苦杏仁苷（亦称维生素B_{17}），具有防癌抗癌的功效。

86 李子

中国人常将寻常事物赋予人的品格，我们熟知的“桃李不言，下自成蹊”“桃李满天下”就是以桃李喻人。李子为五果之一，味甘酸而凉，可以清肝涤热、活血生津。桃和杏偏温，李子偏凉，都是要注意的。俗话说“桃养人，杏伤人，李子树下埋死人”。任何一种食物，都不能因为喜好而偏执多吃，会给身体带来伤害。

87 火龙果

火龙果原产美洲，在美洲玛雅人、印加人的金字塔附近，以及亚洲的越南人寺庙旁，都种有火龙果。每逢祭祀及重大宗教活动，人们就会将火龙果作为圣果供奉在祭坛上。火龙果味甘淡、性偏凉，有清热润肺的功效。现代科学研究发现，火龙果含有植物蛋白及花青素，以及丰富的维生素和水溶性膳食纤维。白蛋白可解体内残留重金属之毒，保护胃黏膜；花青素可以抗氧化和衰老。红心火龙果营养功效尤佳。

88 菠萝

菠萝原产美洲，明代传入中国，也被称为凤梨。菠萝味甘酸、性平，有补脾、健胃、消食之效，又可醒酒益气。菠萝最好饭后食用，食用前切皮、去刺、切块，用盐水浸泡一下，可去除其强烈的刺激味道。因为耐高温，菠萝很适合用来做饭入馔。将菠萝肉挖出来后，用来蒸米饭，饭中会弥漫菠萝的香气，开胃可口。菠萝皮也有很好的助消化、除异味的作用。

89 榴梿

榴梿是热带水果的代表，在东南亚被誉为“水果之王”，在中国的海南和广东等地也有种植。榴梿果肉中含有丰富的糖、蛋白质、脂肪及各类维生素，矿物质元素中铁的含量也很高。榴梿性温热，千万不可多食，否则很容易产生内热，也就是上火。

90 葡萄

早在五千多年前的西亚、北非和欧洲地区，人们就已经开始种植葡萄和酿造葡萄酒了。相传葡萄在汉代随丝绸之路传入中国，成为非常珍贵的水果之一。葡萄味甘、性平，可除烦止渴、益气倍力。制成葡萄干之后，可以补血、帮助消化、预防动脉硬化、保护心脑血管等。葡萄酒能舒缓疲劳、减轻病痛、美容养颜。在中国，纯正的葡萄酒酿造技术在唐太宗时代才掌握，诗人王翰的“葡萄美酒夜光杯，欲饮琵琶马上催”家喻户晓。可以说，比葡萄更动人的是葡萄酒，比葡萄酒更动人的正是这写葡萄酒的诗。

91 苹果

苹果可以说是当今世界最被人们熟知的水果之一。人们戏称，有三个苹果改变了世界：一个诱惑了夏娃，一个砸醒了牛顿，一个成就了乔布斯。回到苹果本身，其味甘酸、性凉，可以生津止渴，开胃解酒。苹果原产欧洲中西部，在中国新疆和西部其他地区也有自己的土苹果，称为柰，但不堪食。19世纪中叶，欧洲、美国和日本的苹果品种开始传入中国，目前我们吃到的苹果都是经过不断改良的品种。

92 梨

梨的栽培历史在三千年以上，和苹果、杏等都是非常难栽培的果树，因其自交不能亲和，需要嫁接技术才能保证正常结果。梨味甘、性凉，被誉为“百果之宗”。《随息居饮食谱》记载，梨可以润肺清胃，凉心涤热，化痰止咳，散结通肠。从梨的生长特性来看，冬至一阳复生，自梅为始，花多五瓣，而梨为六出，得阴气为寒凉。而艳阳天气，姹紫嫣红中梨花独白，秉金气而主清肃，下行而降肺火。

93 无花果

无花果是世界上最古老的水果之一，在汉代就传入中国，主要在新疆地区种植，到唐朝时传入中原。无花果并非真的无花，它的花是隐藏在果肉内的。切开无花果后，里面的丝状物就是花蕊，而内部的籽才是它真正的果实。《圣经》中数十次提到无花果树，无花果也被称为“神圣之果”，有着不尚虚华、深厚内敛的寓意。同时，无花果还是药果同源的食物，其味甘平，可以开胃、止泻、治五痔和咽喉痛等。

94 山楂

山楂，俗称山里红，是中国特有的药果兼用树种，山楂片、冰糖葫芦、山楂糕都是孩子们的最爱。山楂味至酸微甘、性平，皮赤肉红黄，善入血分为化瘀血的要药，对闭经和产后瘀血都有很好的疗效。又因其味酸而微甘，能补助胃中酸汁，可以消化饮食积聚，化肉食尤为有效，故中国人炖肉时常放几颗山楂。其化瘀之力，还可以除去肠胃瘀滞，同时可以化痰开郁。现代医学研究表明，山楂内的黄酮类化合物牡荆素具有抗癌的作用，可以预防食管癌。

95 石榴

石榴原产中亚，汉代张骞出使西域后带回中原。石榴五月开花，娇艳似火，杜牧有诗赞曰："似火山榴映小山，繁中能薄艳中闲。"唐代尤喜红色，色如石榴之红的长裙是女子的最爱，武则天当年给李治的诗里就有"不信比来长下泪，开箱验取石榴裙"的句子。后世还有拜倒在石榴裙下之说。石榴又因千房同膜，千粒如一，寓意子孙满堂，家族兴旺。石榴籽的果汁可以滋阴润燥，而石榴皮是一味止泻、止血、驱虫的中药。

96 大枣

枣树是原产中国的果树，已经有数千年的栽种历史。生枣性凉，生津止渴。晒干的熟枣味甘微辛、性温，津液浓厚滑润，可以滋养血脉、补脾和胃、益气生津，调和诸药能缓猛药健悍之性。枣虽好，也不宜吃多。熟枣吃多了容易生痰湿、胀气。生枣吃多了容易伤脾、腹泻，老人孩子可蒸熟以后食用。枣与姜是一对好搭档，大枣可固守中气，得姜不至于过守，让气补得滞住。而姜辛通之用多，得大枣不至于过通而伤元气。二物并用制成姜枣茶，现在很是流行，可以促进新陈代谢、提高免疫力、排出体内寒湿、缓解手脚冰凉等，尤其在夏季饮用最佳。须注意的是，姜枣茶要在上午喝，且湿热体质的人不宜。

97 柿子

柿子原产中国，古人称赞其“色胜金衣，甘逾玉液”，又有“霜打秋柿，苦尽甘来”的寓意。柿子在深秋时节挂满枝头，颇为人喜爱，著名作家老舍在北京家中就有两棵柿子树，其四合院被称为“丹柿小院”。熟柿子生吃，味甘、性寒，可以养肺胃之阴，但不可多吃。而柿子制干后性变得平和，可以润肺、健脾、充饥。柿子上面的小把手叫“柿蒂”，可降逆止呕。柿子制成柿饼后，上面一层白色的东西叫“柿霜”，是果肉内水分蒸发渗出来的糖分凝结物，可以润燥、化痰、止咳，治疗肺热咳嗽。

98 猕猴桃

猕猴桃原产中国，其历史可以追溯到两千多年前的《诗经》，其中记载：“隰有苌楚，猗傩其枝，夭之沃沃，乐子之无知。”苌楚就是现在的猕猴桃。在漫长的历史中，猕猴桃一直都是野生的，而野生的猕猴桃是比较小的。直到一百多年前才开始人工种植和改良，新西兰奇异果就是猕猴桃的变种。猕猴桃味甘酸、性寒凉，可解实热，同时养肝解毒，净化血液。猕猴桃富含的各种维生素和矿物质都远超其他水果，维生素C含量尤为丰富，只要吃上半颗猕猴桃，一天所需的维生素C就足够了。现代科学研究发现，猕猴桃还有防癌抗癌的作用。

99 橘

柑、橘、橙、柚、柠檬、香橼等，都属于柑橘大家族。宽皮橘、香橼和柚作为基本物种，经过几代杂交，产生了橙子、柑、柠檬等家族成员。橘子作为家族代表，最为人们熟知。早在春秋时代，屈原就以诗歌颂橘子，赋予其忠贞高远的品格。橘子味甘酸、性温，可滋补脾肺津液。橘子全身都是宝，大名鼎鼎的陈皮就是橘子皮或柑皮晒干存放三年以上而成，而且时间越长价值越高，可以理气、消食、燥湿、解毒，尤以广东新会柑陈皮为上。橘子叶可以疏肝理气、消肿解毒。橘子里的小果核，可以散结止痛。橘皮和果肉之间的网状橘络，可以通络化痰、消解郁结。但橘子吃多了容易上火，引起口腔溃疡、咽喉肿痛。

100 香橼与佛手

香橼闻起来清香淡雅，但口感不佳，故多用于入药。佛手则是香橼的变种。二者味辛、性温，性质和功能相近，可以互相替代，能鼓舞生发肝气，芳香醒脾，所以有疏肝理气、燥湿化痰、健脾和胃等功效。

101 柚子

美味多汁的柚子，是秋天降燥、养胃、补气血的绝好食材。柚子肉味甘酸、性寒，可以健脾化食、降燥润肺。柚子中含有天然叶酸，能帮助孕妇预防贫血，促进胎儿发育。柚子皮平时主要用来去除异味，经过加工炮制为“橘红”，以广东茂名化州所产最为地道，味苦、性温，可以止咳平喘、散寒燥湿、化痰散结，用于治疗风寒咳嗽、喉痒痰多、食积伤酒等。

102 橙子

“一年好景君须记，最是橙黄橘绿时。”苏东坡的诗句给了橙子和橘子美好的注解。橙子是柚子和宽皮橘的天然杂交种，到今天发展出甜橙、脐橙、血橙、冰糖橙、红橙等多个品种，这些品种大都有各自的传奇故事。橙子味甘酸、性凉，可以生津止渴、开胃和中。

103 白果

银杏是世界上最古老的植物之一，有着亿万年的进化史，曾与恐龙生活在同一时代。距今五十万年前，全球各地的银杏全部灭绝，只有中国地区的银杏留存下来，成了活化石。因叶子形似鸭掌，故名鸭脚，宋代时改称银杏。白果是银杏树的果实，味酸涩、性平，入肺经、益脾气、定咳喘。白果勿生吃，易发病。

104 枸杞

枸杞在中国有数千年的历史。《本草纲目》记载枸杞之用："春采叶，名天精草；夏采花，名长生草；秋采子，名枸杞子；冬采根，名地骨皮。"可见，枸杞之用甚为广深。春天采摘枸杞头，清热解毒。夏天花开淡紫，益精明目。秋天收枸杞子，滋补肝肾、安神定志、添精固髓、强筋健骨。冬天采收根木，其根扎得非常深，秉地之阴气甚厚，长于下行而有收敛之力。根上之皮，学名地骨皮，性甚寒凉，可清肃上焦浮游之热，凉血凉骨、利二便。

105 栗

栗子味甘咸、性平，乃肾之果，可以补肾、益气、耐饥。生熟皆宜，嫩的时候细细嚼服，有桂花的香气。吃板栗一定要细嚼慢咽，连唾液一起吞咽，囫囵吞枣会胀气伤脾。北宋苏辙有诗言道："老去日添腰脚病，山翁服栗旧传方。……客来为说晨兴晚，三咽徐收白玉浆。"栗子树每逢年久即可锯断并重生大树，一本相传，生生不息。因此，栗木在古代被用来制作练祭（亲丧一周年的祭礼）所立的神主，称为"栗主"。

106 核桃

核桃，又称胡桃、羌桃，由张骞出使西域得种而还。核桃味甘、性微温，主通血脉、润肺益肾。肾主骨生髓，而脑为髓之海，核桃在益肾的同时，也起到补脑的作用。打开核桃，将核桃仁分开的隔膜叫作“分心木”，味俱极涩，上能收久嗽痰喘之肺气，下能收精寒滑泄之肾气，可以理气止痛、固肾涩精。

107 松子

松子味甘、性温，可以滋润五脏、滑肠通秘、泽肤荣毛、益寿延年。日常我们吃的松子多数是红松结的果实，多生长在小兴安岭和长白山一带。自然生长的红松要25年才能开始结出松子，每隔5年才能丰收一次。野生红松则需要生长50年以上才开始结果，即使人工种植再通过嫁接技术，也需要12年以上才能结子，由此可见松子的珍贵。

108 榛子

榛子含有人体必需的八种氨基酸，以及多种维生素和矿物质，被誉为“坚果之王”。榛子味甘、性平，可益气力、实肠胃，令人不饥，因有天然的香气，又富含脂肪（不饱和脂肪酸），可以助消化、润肠通便、促进胆固醇代谢、预防心脑血管类疾病。榛子仁加白芝麻磨成泥，用葛粉或马铃薯粉加水煮沸调拌后，凝结成像“豆腐”一样口感滑腻的食物，是素食佳馔。榛子虽喜阳光，但在零下几十摄氏度的地方也可以顽强生存，可见其生命力的强大。

109 腰果

腰果原产南美大陆，大航海时代被人们发现后陆续传到非洲、印度等热带和亚热带地区。腰果不耐寒，在中国只有海南、台湾、广东等亚热带地区才能种植。腰果味甘、性平，润肺、除痰、去烦。秋季食用，可与南瓜一起煮熟后打成糊羹，香浓可口。

110 莲

莲花自古以来就为世人所赞颂，留下了数不清的诗文篇目。从饮食的角度，莲的藕、子、花、叶、茎都能益人。藕，水中生长，始终不离水而善穿泥，孔窍玲珑，丝纶内隐，故能入心所主之血。生食甘寒性润，可以凉血散淤，熟食甘温，可以益胃补心。七孔藕粉糯，九孔藕清脆。藕节的力量又数倍于藕实。藕实和藕节都可以澄粉，散瘀血，生新血，轻身延年，特别适合产后的妈妈们滋补身心。莲子补脾固精、安神定志。莲子心可以清心火，又清肾火。带心而食，养脾胃的同时又能合心肾。荷叶升清气，化湿和胃，用来煮粥，可以清热解暑。

111 莲鞭与藕带

莲鞭是藕的生长根，藕带是莲鞭的生长芽，藕带在泥淖中伸展生长，四处探路，在它的带领下，莲鞭恣意排开，间隔有节，节间向下生根，向上长出不同状态的荷叶，直到长出休止叶（不展开的小叶子）之后，再长出的莲鞭会开始膨大，成长为那白白胖胖的莲藕。所以说，并不是每一枝莲鞭都能长出藕来。藕带每年仲春或春末上市，是极其珍贵的食材，可以解烦毒、下瘀血。

112 菱

采莲、采菱，都是江南古人的优雅生活。江南一带的采莲曲、采菱曲，从先秦一直传唱至今。菱角，鲜者甘凉，可清热解酒，熟者甘平，可充饥代粮。菱角四五月开小白花，开的时候背日而向月，夜开昼合，随月亮而转动。古人以菱花为铜镜之名，是女子妆镜的代名词，留下了“菱花照影”的镜文化。

113 芡

芡，又名鸡头。芡实，又称鸡头米。芡花五六月开紫花，其性与菱花刚好相反，芡花向日而开，所以菱寒而芡暖。芡实味甘、性平，可以补脾胃、止遗泄、益精固精。芡实可以与山药一起煮小米粥，健脾、养胃、益精。苏东坡爱吃鸡头米，并说明吃的时候一定要一粒一粒细嚼慢咽，以至于口中津液集聚。在境遇变迁之时，他更是寄情于菱角鸡头，曾作词云："佳节连梅雨，馀生寄叶舟。只将菱角与鸡头，更有月明千顷一时留。"

114 菰与茭白

菰生在浅水里，其颖果称为菰米，又叫雕胡，在宋代以前曾经是重要的粮食之一，之后主要作为药物使用。李白曾作"跪进雕胡饭，月光明素盘"，杜甫也有"滑忆雕胡饭，香闻锦带羹"的诗句流传。后来，菰草染上了黑粉菌，不再开花结果，但茎节细胞因此加速成长，形成肥大的纺锤形肉质茎，这就是今天人们熟知的茭白。虽失菰米，却得茭白，也算是一种天地造化。茭白味甘、性寒，可以解热除烦，通利小便。

115 茨菰

茨菰生于浅水中，一根生发十二子，如慈姑乳诸子，故又称慈姑。味甘苦、性寒。可以凉血清热、止渴通淋、散结解毒。

116 荸荠

荸荠，俗称马蹄、地栗，古称“凫茈”，位列江南“水八仙”之一，也是广州“泮塘五秀”（荸荠、莲藕、茭瓜、菱角、茨菰）之一。荸荠味甘、性寒，可以清热、润肺止咳、生津止渴、开胃消食、解酒。秋冬时节咽喉肿痛，可用生荸荠榨汁后饮用。荸荠含有丰富的淀粉，与藕及菱粉称为“淀粉三魁”。荸荠粉可以清心消暑，润肺生津，滋补安神，制成马蹄糕，是非常有名的中国传统糕点。

117 水芹

水芹，别名水英，《诗经·鲁颂》里留下了“思乐泮水，薄采其芹”的诗句。古时学子高中后到孔庙祭拜，可在泮池水中采芹，插在帽檐上，以示文才。久而久之，人们便以“采芹人”称呼读书人。水芹味甘辛、性凉，可以清热解毒、平肝降压，利尿消肿，其特殊的香味可以醒脾开胃，吃起来也非常鲜美脆爽，《吕氏春秋》赞曰：“菜之美者，云梦之芹。”

118 莼菜

莼菜是极其珍贵的水生蔬菜之一，以太湖和西湖的莼菜最为著名。苏东坡曾作“若话三吴胜事，不唯千里莼羹”的名句。晋代吴郡人张翰为食故乡莼菜，不惜辞去外地官职，返回家乡重享莼菜之美味，故人们以“莼鲈之思”代指思乡之情。杜甫也有“羹煮秋莼滑，杯迎露菊新”的食莼体验。莼菜味甘、性寒，可以清热，利水、消肿、解毒。若患上痈疽疔疖和各种无名肿毒，可将鲜品捣烂外敷于患处。莼菜还富含植物食材少有的维生素B_{12}，真可以说是大自然的馈赠了。

调和作料

119 盐

盐是人类生存不可或缺的食材。没有盐，人类就无法生存。除了作为调味料，盐还可以抑制微生物，去腥味、去苦涩味、去水分，让食物的色泽更鲜艳，通过腌渍让食物保存更长久。现在市场上售卖的绝大多数是提纯的精盐，吃起来的味道齁咸。最好选择那些未经化学提纯，含有丰富天然化合物的自然盐，其味道醇厚丰满，有微微的回甘，会给突出本味的清淡菜肴增色很多。

120 酱

酱源自中国，已经有数千年的演变历史。黄豆和小麦面粉混合发酵制成的酱，是内陆地区最重要的调味品之一。记得小时候，每年春夏之际母亲都会做黄豆酱，大葱、紫苏蘸酱配上烙饼，是童年时代很深刻的食物记忆。酱可以给食物增添醇厚而鲜美的味道，以及浓郁的香气。黄豆中的氨基酸，尤其是谷氨酸含量丰富，经发酵形成黄豆酱，其中富含的谷氨酸钠是天然的味精。所以，很多烹饪古籍都将黄豆酱的做法列在开篇，可见其对中国烹饪的重要性。中国的酱文化源远流长，传到朝鲜、韩国、日本和东南亚。特别是日本的味噌，是日本料理最重要的调味料。

121 酱油

酱油由酱演化而来，是中式烹饪最常用的调味料之一，常与盐搭配使用。盐能将酱油和蔬菜的鲜味衔接起来，彼此互补，让成品的味道更有层次。过去酿一缸好酱或好酱油至少要一年的时间，才能保证原料充分地自然发酵，并生成丰富的口感。酿造酱油要日晒三伏、晴则夜露，到深秋时开缸汲取的第一篘（抽）味道最为鲜美，称为“秋油”，即母油。而今，为了追求速度和产量，利用微生物技术和现代化设备加速各种发酵的过程，因时间不够而缺乏的鲜味、色泽乃至黏稠度就用化学添加剂来弥补，用防腐剂来保鲜。

122 醋

醋是酸味的调味料，在中国有着几千年的历史。在古代，醋被称为酢、醯，亦称苦酒。在周朝时，已经出现专职的酿醋师“酢人”。醋富含多种氨基酸、有机酸、维生素和矿物质等营养物质。从料理食物的角度来说，醋可以显酸味、加香味、增鲜味、除腥味、解腻味、杀菌消毒、防止颜色褐变等等。中国地大物博，有传统四大名醋，一般认为是山西老陈醋、江苏镇江香醋、福建永春老醋、四川阆中保宁醋。

123 糖之总说

史前时期的人类就已知道从鲜果、蜂蜜、植物中摄取甜味，后发展为从谷物中制取饴糖（麦芽糖），继而发展为从甘蔗或甜菜中制取蔗糖。饴糖，是由米、麦、玉米等淀粉较多的食物，蒸熟后拌入麦芽发酵糖化而成，可以补益脾胃，润肺止咳。蔗糖根据工艺分为红糖、白砂糖、赤砂糖、绵白糖、冰糖等多种品类。根据料理的食物不同选用不同的蔗糖，达到或提鲜、或增色、或增甘、或久存的目的。烹饪时如需放糖，要先放糖后加盐，这样甜味才能充分渗入。现代人摄取糖分普遍较高，给健康带来很多问题，吃糖以少为宜。

124 糖之甘蔗

甘蔗原产热带，早在周朝就已传入中国。甘蔗汁被称为“天生复脉饮”，可以甘甜生津、调补元气、充盈血脉、清内热，和胃润肠、大补脾阴，还可以解酒。甘蔗汁性寒凉，但是在制糖过程中，经煎炼而变温，可以利脾缓肝、润肺和中。青皮甘蔗主要用于制糖，紫皮甘蔗一般直接食用。甘蔗皮也是一味中药，微甜入脾又不容易生湿，富含钾和铁元素，可以补心补血。

125 糖之红糖

红糖是以青皮甘蔗为原料炼制的粗糖，据说最初由玄奘大师自西域带回中土。后来唐太宗遣人去西域，学回了制作红糖的技艺。宋朝时，制糖业已经成为重要的产业，宋朝人写出了世界上第一部蔗糖专著《糖霜谱》。红糖有温补、温通和温散之功，因此李时珍说，红糖可补血活血、通淤，以及排毒露。红糖不宜多食，易生湿热。

126 生姜

姜可彊御百邪，故谓之“薑”。生姜味辛、性温，主通神明、去秽恶、散风寒、止呕吐、除泄泻、散郁结、畅脾胃。夏季宜吃姜，因夏季阳气外露，加之常吃凉食，脾胃相对寒凉，姜可散寒。秋季少吃姜，因为秋季大气收敛，而姜善散肺气，与秋季天时不符。同样，夜晚也要少吃姜，因夜晚大气收敛，而姜主散。如疗病则不拘泥于此。生姜肉是温性的，可以发汗，但是姜皮是凉性的，可以止汗利水，可见万物都是阴阳平衡的整体。祛风散寒时，要去皮。防止过度发汗，要留皮。平时做菜时放的姜丝姜片都是要留皮的。另外，生姜快煮发汗，久煮温中，要灵活应用，才能做到顺其性为德。

127 葱

葱，释家五荤之一，是家庭厨房中必备的食材。葱可分为葱叶、葱白和葱须。葱叶色青入肝，有清血脉、降血脂的作用。葱白连须和生姜都可以祛风散寒，但与生姜的散寒相比，葱白连须还有一个“通”的效果，就是可以通鼻塞，缓解感冒引起的头痛，这是因为葱中空而善通气脉。平时做菜的时候可以把葱须留下来晒干备用。新鲜小葱的根须还可以直接凉拌着吃，能预防感冒，帮助消化。鲜葱里面还有黏黏的汁液，叫作葱涕，可以保护鼻黏膜、止血、防止伤口发炎。

128 蒜

蒜也是释家五荤之一。作为调味料，大蒜可以提香提鲜，帮助消化。从健康角度，大蒜可以消炎、杀菌、抗癌，对肺和肠道都有清洁作用，还能抗衰老。北方过年吃饺子的时候，腊八蒜是家家户户必不可少的。农村老话说，早吃姜晚吃蒜，对身体有好处。尤其是夏天晚上，可以吃两瓣蒜，养生还能驱蚊。但是很多人受不了大蒜的辛辣和刺激味道。遇到这种情况可以吃蒸蒜，把蒜蒸熟了再吃。我在日本还吃过发酵黑蒜，由大蒜经过自然发酵而成，富含大量的游离氨基酸和多酚类物质，可以清理血管、降血脂、改善肠道菌群环境，是不可多得的养生佳品。各种蒜均不宜多吃，多吃容易生内热。

129 花椒

花椒原产中国，主要作用是祛湿和通气。平时做饭时用的主要是其果实的外皮，花椒籽是黑色的，药用居多，可以利水除湿。夏季湿热偏重，且人们喜食寒凉，适合吃点花椒，用在炒菜或凉拌菜都很好。但花椒不能多吃，否则会闭气，一般不要超过七粒。风寒感冒或劳累之后，用花椒煮水泡脚，可以通经络。在米面里放几粒花椒，能防虫驱虫。

130 胡椒

胡椒，原产印度西南海岸。作为世界上最重要的香辛料之一，在古代曾是东西方贸易的贵族商品，价格极其昂贵。直到明代，中国才成功实现本土化种植。胡椒按加工方式有黑白之分。白胡椒温中散寒，黑胡椒可以化阴浊（如水产品、生鸡蛋、半熟的肉），所以在西餐里尤为常见。最好吃的胡椒粉要现磨，否则其中的风味物质和营养元素容易挥发。胡椒发散性很强，晚上不宜食用。

131 辣椒

辣椒原产南美大陆，明代传入中国，并迅速成为中式料理最重要的调味料之一，尤其在四川、湖南和江西等地，以辣椒为基底，形成了极具特点的菜系。辣椒是维生素C含量最高的蔬菜，辣味成分的辣椒素以强烈的杀菌、抗菌效果闻名，而刺激性的香味又能促进胃液分泌，增进食欲、促进消化。辣椒素的辣味还能促进荷尔蒙分泌和新陈代谢，这让辣椒成为最受欢迎的餐桌伴侣。

132 植物油

植物油是植物精华的浓缩。凡草木谷果蔬菜的果实，不能酿酒的，都可以用来榨油。油不只是一种加热介质，还是重要的调味品，可以为菜肴增加独特的香气、口感和营养。大多数植物油含有不饱和脂肪酸。常见的植物油包括芝麻油、菜籽油、山茶油、橄榄油、花生油、大豆油、玉米油，等等。油都有自己独特的风味，选择什么样的油，主要依据食材和烹饪方式，食材与油要相互匹配，成为彼此的“灵魂伴侣”，这要靠天长日久的经验去调和。食用油要选择天然油，不要选那些混合油和精炼油。

133 芝麻与芝麻油

芝麻，古称胡麻，汉代由张骞自西域带回。芝麻虽小，能量很大，可以补五脏、益气力、长肌肉、填髓脑，久服能轻身延年。芝麻叶名青蘘，营养价值也很高，可祛除五脏邪气，滋润肝肾，令人耳聪目明。河南有一道家乡菜“芝麻叶面条儿”，很是美味。芝麻叶还可以用来洗头发。芝麻取油以白芝麻为胜，服食以黑芝麻为良。芝麻油与各种食材百搭，可以增加食物的独特香气。生用芝麻还能润燥解毒、止痛消肿、杀虫，是日常生活里不可或缺的一道调味料。

134 油中至宝：山茶油

油茶树与油橄榄树是世界上最著名的两大木本油料作物。油茶树从开花到成熟，历经冬、春、夏、秋四季，营养价值均衡，在诸油之中，其质最为轻清，诸病不忌，煎炒烹炸无所不宜，被誉为世界上最理想的食用油之一。除了食用，山茶油药用价值更高，可以美容养颜、明目亮发、润肠通便、清热化湿、杀虫解毒。具体来说，可以用来淡化、祛除妊娠纹，护肤保湿。尤其对蚊虫叮咬、烧烫灼伤、体癣湿疹、爆皮皲裂等症状，直接涂抹生油即有明显效果，可谓油中至宝。

135 菜籽油

菜籽油可以说是最便宜的食用油之一，但它也是最容易被人体消化吸收的食用油。菜籽油入肝经，常吃菜籽油能促进胆汁分泌，可以清肝利胆、降血脂。与山茶油类似，生菜籽油还可以消炎解毒，烧伤烫伤后涂抹能有效缓解疼痛。菜籽油养眼睛（肝开窍于目），对小孩的弱视和老年人的眼部疾病都有很好的预防作用。菜籽油有一种特殊的气味，在炒菜的时候，油热后放些姜丝爆香，或者用手指蘸一点凉水弹到锅里，可以去除这种特殊味道。

136 橄榄与橄榄油

橄榄油被誉为“液体黄金”，源自地中海沿岸，有数千年的历史。橄榄是神圣与和平的象征。在《圣经》“创世纪”挪亚方舟的故事中，挪亚放飞的鸽子回来时嘴里衔着橄榄枝，带给人们恢复生机的喜讯。在《新约圣经》记述的基督生平中，关于橄榄树的描述非常多。橄榄油也被用作许愿灯的燃料，作为“圣油”来使用。从药用价值来说，橄榄油与菜籽油一样，都入肝经，可以保护肝脏，预防胆结石等肝胆病，还可以解毒、美容养颜、预防心血管疾病、延缓衰老，等等。古罗马杰出诗人维吉尔这样评价橄榄树和橄榄油：“依着果实累累的橄榄树枝，人们得以净化在永恒的健康中。”橄榄油更适合低温烹饪和凉拌生食，这是与山茶油的差异。

137 花生与花生油

花生是人们习以为常的小食，煮、炸、炒、卤皆宜。花生富含的蛋白质是仅次于大豆的优质植物蛋白。花生煮食可以润肺、养心阴。小粒红皮花生油性足，可以养胃阴，治疗胃酸过多，宜早上空腹食用，但一次食用不可过多，否则容易引起胃胀。红花生衣苦而涩，其色红，可以养血。花生叶白天打开晚上闭合，用来煮水，能镇静安神。花生榨出的油带着花生特有的香气，很适合中式料理的煎炒烹炸。我小时候在北方长大，最熟悉的就是花生油，现在还记得跟着父母去村上的榨油作坊去榨花生油的场景。一想到花生油，心中就充满了浓浓的亲情和童年的美好回忆。

138 被现代人忽视的动物油

在植物油走进千家万户之前，动物油是最常用的食用油。古代常用“民脂民膏”代表财富，这就与动物油有关。植物油富含不饱和脂肪酸，动物油富含的是饱和性脂肪酸，适量食用都是对人体有益的营养成分。与植物油相比，动物油炒菜更香，对于以五谷为主食的中国人，动物油其实更适合人体的需要。而且，沾了动物油的锅碗比沾了植物油的锅碗更容易清洗。中国人最常用的动物油是猪油，俗称荤油，很容易被人体吸收，可以滋养五脏、润肠通便、清热解毒、消肿散痈，尤其适合脾胃虚弱的人。每周适当吃点猪油烹饪的食物，对身体是很好的。

139 百花之精华：蜂蜜

花蜜是百花的精华。经过蜜蜂的采集，混合了蜜蜂分泌的酶，得到的蜂蜜更加滋补。蜂蜜生者凉、熟者平，外用可以杀菌，内服可以消炎，可以补中益气、养液安神、滋养脾胃、清肺热、防止大便干燥，还可以解毒。皮肤烫伤后，抹上蜂蜜好得快，且不易留疤。不同的季节，可以选不同的蜂蜜。根据花源的不同（花的寒凉温热），对应的蜜也有区别，可以根据季节和身体需要来选用。蜂蜜水适合用温开水兑好空腹喝。纯蜂蜜是结晶的，这是纯蜂蜜的重要特征，而且纯蜂蜜不会变质，可以储存很长时间，所以用蜂蜜腌制食物，不仅能增添甜味，还有防腐的作用。

140 茶

茶在中国有着悠久的历史和文化。作为人类最主要的饮料之一，茶在人类近代史上也扮演过重要的角色。中国的茶和丝绸出口到英国带来贸易失衡，随后导致鸦片输入和中英鸦片战争；美国独立战争的导火索则是波士顿“倾茶”事件。中国茶按照发酵度由低（零）到高可分为绿茶、白茶、黄茶、乌龙茶、红茶和黑茶六大品类，各产茶区也都有自己的名茶，此外还有众多的花草茶、药草茶。各类茶因产地、制法各有不同，应分清性之温凉。发酵度低的茶偏凉，发酵度高的偏温。饮茶应合四时，同时要根据自己的身体状况加以平衡和调整。

141 酒

酒是古代人与神灵沟通的东西，东西方都留下了很多了不起的饮酒文化。酒分为两大类：蒸馏酒和非蒸馏酒。蒸馏酒以白酒为代表，非蒸馏酒以发酵酒为代表，比较为人熟知有米酒、葡萄酒、啤酒、中国黄酒、日本清酒等。酒性大热，能引经药，通行一身之表。少饮有节，可以养脾、扶肝、通血脉。作为调料，还可以提香杀腥。但是，一旦恣饮就会助火，损身乱性、胡言乱语、伤生减寿，自古败德损行之事多由酒助。因此，万万不可过饮。

142 米酒与醪糟

中国人酿造米酒有数千年的历史，古称“醴”。米酒和白酒的区别是：白酒由蒸馏而出，纯是清气；米酒酿于缸中，尚带浊汁，味厚，能入血分，性也留滞，多饮能生痰湿。米酒甘甜芳醇，适量饮用可以醒脾消食、舒筋活络、补气养血、滋阴补肾，也被当作重要的调料使用。醪糟是糯米与酒浆的融合状态，酒精度比米酒还要低，比较清甜，千百年来一直被当作重要食物，尤其是孕产妇补血增乳之用。

143 干货

盛夏和初冬都是制作各种干菜的好时节。菌菇类和根茎类蔬菜经过干燥之后，因为水分的蒸发而使甜度浓缩，不仅会产生独特的口感，也有利于保存。像莲藕、胡萝卜、豇豆等都可以晒成干菜，很适合日后炖煮。在食物短缺的时代，到了冬天，这些干货都是重要的食物。菌菇类经过阳光暴晒成干货之后，少了阴寒之气，鲜味也会大幅增加。很多水分较多的蔬菜，如白菜、萝卜等，在烹饪前晾晒一下，会变得更容易入味，更好吃。

变化时用

144 豆腐

豆腐是中国人的伟大创造，相传始于汉朝淮南王刘安。孙中山先生说，中国素食者必食豆腐。豆腐柔软、耐磨、能熬，古德喻为和德，暗含清寡精神，于淡味中安顿身心。现在常见的豆腐有盐卤豆腐、酸浆豆腐、石膏豆腐、内酯豆腐等。学习做豆腐正是我走进料理之门的开始。过去有句俗语，人生有三苦，撑船打铁磨豆腐。古法做豆腐要经过挑豆、浸泡、磨浆、煮浆、滤浆、点浆、压制成型等多道程序。正可谓：朝朝只与磨为亲，将归回向未来人。

145 豆腐乳

由豆腐发酵而成的豆腐乳，是中国人的又一大发明创造。经过发酵，豆腐中的蛋白质被分解成更容易被人体吸收的各种氨基酸，里面可以防癌抗癌和预防心血管疾病的大豆异黄酮也变得更加丰富。同时，由于毛霉菌等微生物的参与，合成了植物性食物里少有的维生素B_{12}。维生素B_{12}可以促进红细胞的发育和成熟，使肌体造血机能处于正常状态，预防恶性贫血，所以素食人群适合常吃点豆腐乳。当然，最好是选择自然发酵（不使用人工酵母菌）而成的。豆腐乳的做法见附录。

146 豆芽

中国人制作豆芽已有两千年的历史。最初主要是黑豆芽，后来又有了黄豆芽、绿豆芽等。一粒豆子里蕴含着巨大的生命力，将其种入泥土之中，便可以生根发芽，结出几十甚至上百倍的新豆子。豆子发芽后的营养价值和营养利用率都会提高，比如干豆维生素C含量很低，但发芽后维生素C的含量变得很高。各类豆芽基本都是味甘、性寒，黄豆芽清热利湿，升达脾胃之气，滋润肌肤；绿豆芽可清热解毒；黑豆芽清热利湿。豆芽与笋、菌并列，为素食提鲜三绝。清代薛宝辰所著《素食说略》中，详细记述了以这几种食材来制作素高汤的方法，其中的黄豆芽汤，豆芽煮极烂后，将豆芽别用，其汤留作各菜之汤，甚为隽永。

147 豆豉

豆豉，古代称为“幽菽”，由大豆发酵而成。其中，黑豆豉为佳，不仅可以用于烹饪调味，药用价值也很高。《本草纲目》载：黑豆性平，作豉则温，能升能散，具有疏散宣透之性，既能透散表邪，又能宣散郁热，通畅气机，还能解酒毒。豆豉得葱则发汗，得盐则能吐，得酒则治风，得薤则治痢，得蒜则止血；其发汗之力颇为平稳，有发汗不伤阴之效。豆豉还能和胃消食，调中下气。豆豉生者发散，熟者收敛，故炒熟又能止汗，实为天地造化一灵物。

148 天贝

天贝，又称丹贝（Tempeh），是一种发源于印尼的豆类发酵食物。传说天贝的菌种是华人下南洋随豆豉带去的。在特殊的气候条件下，其发酵工艺演化，形成了天贝这种独特的食品。天贝的营养价值非常高，富含各种游离氨基酸、维生素 B_1、B_2 以及钙、磷、铁、锌等矿物质，还有素食者最易缺乏的维生素 B_{12}，大豆蛋白的消化吸收率也从65%提高到90%以上。坚持食用天贝，可以帮助我们调节血糖、改善肠道菌群、预防“三高”、抗氧化、抗衰老等。料理天贝可将其当作豆腐，煎、炒、烹、炸、炖皆可。作为优质的蛋白质来源以及素食者的营养食品，天贝是非常值得传播推广的自然食物。天贝的做法见附录。

149 纳豆

纳豆是日本传统的发酵食物，起源于中国的豆豉。纳豆主要分为不拉丝的咸纳豆和拉丝的黏稠纳豆。咸纳豆，又叫“盐辛纳豆”“寺纳豆”或“唐纳豆”，意思就是寺庙里制造的纳豆或从唐朝传来的纳豆。这种咸纳豆是将曲菌撒在煮熟的大豆上，然后浸泡在盐水中发酵而成。而拉丝纳豆，是将煮熟的大豆通过纳豆菌（枯草杆菌）发酵制成的。现在常说的纳豆专指“拉丝纳豆”，有特殊的臭味，富含维生素K_2（预防骨质疏松症），还在发酵过程产生了多种生理活性物质，对人体有很大益处，包括溶解血栓、预防心脑血管疾病、润肠通便、改善肠胃功能等。

150 味噌

味噌是一种美味的高蛋白调味料，源于两千五百多年前中国的“酱”，唐代传入日本。之后历经数个世纪，日本人将酱转变为味噌和日式酱油（日本人创造了“味噌”一词），并发展出千百种品类，20世纪传播并风靡欧美。味噌的主要原料是黄豆、谷类（通常为米或麦）、盐、水和米麴菌菌株。《味噌大学》作者三角宽先生的先祖曾留下味噌之歌，讲出了味噌对身心的意义：“大豆甘温顺气，宽中活气，解散药毒百毒。”麴性亦甘温，入胃后饮食过量者可以帮助消化，通气活血。盐可以导引豆与麴流入五脏，收敛血气、滋润筋骨、解毒清血、促进食欲、活络气血。味噌兼具二温一寒，中和后相辅相成，遇热则显凉性，遇凉则显热性，抑强助弱，宽急固缓，止血气溃散，祛恶气，一身安稳无碍神通。

151 面筋与烤麸

面筋和烤麸都是麦制品，富含蛋白质。面筋相传是东汉光武帝在行军中搓洗发霉的面团时偶然发明的，已有两千多年的历史。现在通常的做法是用面粉加水拌和，洗去淀粉和杂质（加少许盐可以加速蛋白质凝结），剩下有弹性的胶状物质就是面筋。面筋是素食仿荤的重要食材，古人有诗赞誉："色泽似乳酪，味胜鸡豚佳，一经细品嚼，清芳甘齿颊。"烤麸的做法是用带皮的麦子磨成麦麸面粉，而后在水中搓揉筛洗将面筋分离出来，再通过发酵蒸熟制成，成品呈蜂窝状，富有弹性。

152 酸菜

酸菜，古称"菹"，是历史悠久的发酵食物。早在周朝，人们就开始用白菜、芹菜、竹笋等制作酸菜。酸菜在中国东北、西南地区的饮食中都占据重要地位，德国人也喜食酸菜。中国东北酸菜以大白菜为原料，德国酸菜以圆白菜为原料。各地酸菜虽然制作手法不一，但基本原理都是利用乳酸菌发酵。酸菜富含乳酸菌，可以改善肠道的菌群环境，促进人体的消化吸收。

天地之间，从最小的到最大的，从最平凡的到最殊胜的，都是以大自然为师、为父。如法，最大的法就是大自然。遵循大自然法则的饮食，是在日常生活中人人皆可轻松实践的如法饮食之道。

第六章

如法实践

01 何为自然食

现在，人们吃着喝着添加了无数化学添加剂的食物和饮料，正在追求像温室植物那样的完美生活环境，认为不用自己动手动脚，远离泥土和劳作的生活才是文明的。然而这种想法和做法其实并不是最合理的，甚至是一个严重的错误。鼻子嗅不出真味，舌尖失去味觉，身心也正在与大自然隔绝。而自然食是一种通过日常饮食了解自然、认识生命、与自然连结、重回自然怀抱的饮食方式与生活方式。

02 自然食推荐的准则：应季

顺着时节饮食，是与自然连结最简单、直接的方式，因为季节是食材的生命线。再先进的耕作和栽培方式，也抵不过“应季”的力量。如果不是这个季节的食物，味道不对，吃下来还会让身体细胞产生错觉，以为季节换了，生长收藏的节奏会被打乱，对身体产生伤害。所以，做饭之人要运此一心，随“时”改变，令大家受用安乐。在中国大部分地区，应季蔬果主线为春季吃芽、夏季吃瓜（挂在枝头的）、秋季吃果实、冬季吃根茎。

03 自然食推荐的准则：当地

佛典有云：身土不二。说的是吾身出于此土，身土不可分离。人们通过食物，与养育自己的水土紧密相连。但是现在人们为了吃得更加美味，会从很远的地方运输各种各样的食材，这些看似最上等的美味，其实对身体可能是很危险的（药用食物除外）。而且，比起食用当地的食物，远方的食物所耗费的资源和劳力很高。从防病疗疾和身体补益的需要出发，选择一些地道的药食同源类食材，也是有必要的。比如，山药可以优选河南温县的。

04 自然食推荐的准则：选择自然栽培或发酵的食物

自然农法追求的不施化肥、不洒农药、不除草、不耕作，是无造作的无为之道，是人类为了自我完善而存在的农作哲学。在自己的承受范围内，优先选择自然农法和自然发酵的食物，不仅是对农人的支持，也是为土壤的净化做贡献。我们获得食物的方式，来自大自然的赐予和馈赠，以及人们与万物的和谐共生，这个过程会给我们带来真正的真、善、美和快乐。

05 自然食推荐的准则：从谷物蔬菜中获得力量

在大自然的惠泽下生存着各种各样的生物，人类作为其中的一分子，通过获得各种食材的内在力量，与自然保持着互动联系。日本自然学家北山耕平认为，食材除了从太阳获得最主要的力量，还能从各自的生长环境获得相应的力量。通过烹饪，人们能够从谷物得到宇宙的力量，从绿色蔬菜得到太阳的力量，从根茎类蔬菜得到月亮的力量，从豆类得到大地的力量，从海产得到海洋的力量，从种子里得到火的力量，从果实得到星星的力量。平衡地食用各类谷物蔬菜，就足以实现与自然的互动共生。

06 自然食推荐的准则：一物全体

食物都是阴阳平衡的整体，自然食倡导“一物全体”的理念，即吃食物的整体，而不是只吃一部分，这样才能充分发挥出天地赋予食物的天性潜能，同时减少食材的浪费。以糙米和白米为例，糙米保留着谷衣（米糠）和胚芽，比白米的能量高出很多倍。在日常饮食中，大米和小麦等谷物的表皮、红薯和萝卜等根茎类食材的表皮和叶子、菠菜和芹菜等茎叶类食材的菜根和胚轴，都是容易被我们丢掉的宝贵部分。菜根是茎叶类蔬菜的生命之源，而胚轴更是承上启下输送能量的关键部位，推动生命的循环，成为彼此生命的一部分。我们要开动脑筋享受一物全体的美味和价值。

07 自然食推荐的准则：认真咀嚼，就是在和自然打招呼

我们吃的每一口食物，背后都有万物的共同努力。食物是滋养我们的自然大使。慢慢地咀嚼每一口食物，不胡思乱想，就是在和自然沟通，就能清楚地看到食物中包含的一切，就是在和生命各个层面做真正的交流。不仅是主食米面，根茎也好，茎叶也好，无论何种食物，都要仔细地咀嚼，再吃下去。

08 自然食推荐的准则：追求食物的本味

用火烹饪，只使用盐、酱、油等少量调味品，用简单的料理方式，吃食物本来的味道，只吃八分饱。《道德经》讲："为无为，事无事，味无味。"这里的"无味"指的是淡味，即食物的本味、真味。不要用调味品的味道压住食材本身的味道，更不要追求过于刺激的味道。做饭的时候尽量保留食材的天然活性和状态，如果不是为了照顾老人和孩子，也不要过度分解食材或过度加热，这样会破坏食物的本味和能量。

09 自然食推荐的准则：平衡

白天劳动量大，可以多吃一些，口味重一点；晚上以收为主，可以少吃一点，口味淡一点。做饭者也要这样调整烹饪的方式。厨者每天的任务，就是要在食材的阴与阳之间、量的多与少之间、味道的浓与淡之间去探究生命的平衡之道。均衡而稳定的饮食更容易让人与自然天地共鸣，同时也有利于我们的生命获得一种安定、从容的秩序感。如果量和口味变化太大，就容易让人失去内在的协调。

10 自然食推荐的准则：健康

凡饮食不如法，则身多病，心多扰。食物皆有四性五味，前文提到过归经，如不了解并活学活用，厨者无异于杀人。我们要意识到，厨房即药房，通过日常的食物，可以让身体远离病痛。自然饮食的生活方式更能让我们在精神上得到抚慰，远离浮躁和烦恼的牵绊，心灵不断净化，真正实现与自然和谐共生。

11 自然食与自然活法的愿景

一年四季，我们都可以从身边获取少量野菜和自然种植的当季蔬果谷物，并凭借自然之力手工制作发酵、酿造与腌渍食物，一边细细体会它们的性味，一边在这朴素无华的劳作中感应自然的调配和平常日用之道。人们随着天地时空的流转，无为、无心地生活。在寂静的日常中，蕴含着无比丰盈的生命况味和壮美的人生篇章。

后记

创办学习饮食的理想学校

我未来的目标是创办一所通过扫除和料理来体证“生命本来面目”的理想学校。在这里，可以与世界各地的人们分享如何更好地做饭和吃饭，通过扫除和自然的饮食回归有良知的生活，滋养生命，保护地球生态与人类和平。

无论是扫除还是料理，都是在经营自己神圣的生命，都是在日常小事中重新认识自我和万物、自我与万物的关系，以及在世界中的位置。我相信，未来扫除道和自然饮食都是帮助人们修复与自然的关系，疗愈大地和净化身心的重要方法。我会带着“凡事彻底”的精神，为这个目标努力。

衷心感谢一路走来给予我关心和支持的师长与朋友们！谢谢是祈祷的语言。我相信，这个愿望会因为有诸位的鼓励和协助而得到更圆满的实现。因为这个学校的立校之本，就在我们每个家庭的厨房里，在我们的心田。

附录

■糙米的做法

● 糙米糊

首先将糙米炒成焦黄色，用7~8倍的水熬煮成粥（沸腾后以文火熬煮至水米交融的黏稠状，量减至一半左右），然后用布袋或非金属材质的滤筛将米汤过滤出来。吃的时候，可稍加少许食用盐。金属用具容易引起化学变化，导致食物成分改变，所以不宜使用。另外，最好用砂锅熬煮，才能吸收大自然的力量。这种方法比较费时费力，但是这份用心可以让自己和食物产生更深的连结，有助于让虚弱的身体慢慢恢复活力和元气。现在一般家庭都有破壁机，如果没有心力用火熬煮，也可先将糙米磨成粉状，粗粉细粉根据身体脾胃消化能力而定。每餐用这样的糙米粉加水搅拌，并煮沸后食用。

● 糙米饭

可以使用厚砂锅煮饭，现在很多电压力煲也可以煮糙米饭，很方便，不过这些锅具蒸出来的饭不够软糯。要想持续吃到美味的糙米饭，使用压力锅是最简单的方法。用压力锅煮更有甘甜的风味，外皮也软，更有软糯感。而用厚砂锅煮要花更长时间，更有利于体内消化，推荐病人和身体虚弱的人食用。下面以糙米2杯为例，分别介绍厚砂锅和压力锅煮饭的方法。

厚砂锅：首先将糙米洗净，加入3~4杯（糙米的1.5~2倍）水和少许食用盐，浸泡2小时以上。将糙米和水倒进砂锅，先开中火煮一会儿，紧接着开大火到煮沸，转小火再煮1小时后关火。焖20分钟左右。

压力锅：首先同样是将糙米洗净，加入等量到1.2倍的水，少许食用盐，浸泡1小时以上。将糙米和水倒进压力锅，水超过米1.5厘米左右。先用中火煮一会儿，然后转大火煮沸（压力阀开始跳动或出现其他提示），5分钟后转小火煮15~20分钟后关火。再焖20~30分钟，让蒸汽自然排出。

注意，糙米的主要营养都在表皮，洗米时请参照本书的淘米之法。浸泡米的水可以直接用来煮饭，避免营养随水分流失。

以上煮饭的方法可以根据锅的大小和种类、糙米的品种和新陈、季节气候变化等调整加水量和煮饭的时间，火候的调节方式根据实际情况也会有所改变。大致上就以此为标准，如果要添加杂粮，也可以参照此标准加以调整。

● 糙米粥

洗米之后将米浸泡2小时，加入7~8倍的水，使用砂锅熬煮成粥，不过这样熬煮的时间会特别长。为了节省时间，可以先将糙米炒至金黄色（火小于熬煮糙米糊时），再熬煮成粥。另外，还可以直接熬煮蒸好的糙米饭。如果是一家人的量，1~1.5小时就可以煮好。煮好后焖15~20分钟更好吃。现在的电陶锅也可以很方便地煮糙米粥，晚上设置预约，第二天早上就可以直接吃。当然，如果有时间，还是建议自己动手。糙米粥要熬到水米交融的状态，米中有水，水中有米，最后会慢慢浮出一层米油。煮的时间不够，能量出不来；煮的时间太过，能量就会散掉。能把粥煮好，手里慢慢就有功夫了。

● 糙米发芽

在糙米发芽的过程中，封存在种子里的能量会重新释放，大量酶源被激活，同时新产生多种水解酶，如淀粉酶、半纤维素酶、氧化还原酶等，营养成分也会变得更容易吸收。具体做法是：提前将糙米洗净并浸泡，一般1~2天（视温度而定）就会发出0.5~1毫米的小芽。这是芽类食物能量最大的时候，可以直接用来煮粥、煮饭，或做成糙米糊。

糙米与白米成分对比

*以每100克为单位

	糙米	精白米
能量	350千卡	356千卡
蛋白质	6.8克	6.1克
脂肪	2.7克	0.9克
碳水化合物	73.8克	77.1克
钠	1毫克	1毫克
钾	230毫克	88毫克
钙	9毫克	5毫克
镁	110毫克	23毫克
磷	290毫克	94毫克
铁	2.1毫克	0.8毫克
锌	1.8毫克	1.4毫克
铜	0.27毫克	0.22毫克
锰	2.05毫克	0.80毫克
维生素E	1.4毫克	0.1毫克
维生素B_1	0.41毫克	0.08毫克
维生素B_2	0.04毫克	0.02毫克
烟酸	6.3毫克	1.2毫克
叶酸	27微克	12微克
硅酸	1.36毫克	0.66毫克
食物纤维	3.0克	0.5克

酸浆豆腐的做法

春节前几日，传习中心已经放假。

我和德龙老师一起做豆腐，两天下来做了九锅。马上过年了，给同事们每家送一板豆腐，给传习中心的街坊邻居也都送上两块。

好像一下子回到了小时候过年那种乡里乡亲彼此互爱互助的美好时光。

这时候，母亲在炉边炸豆腐泡的画面总会浮现在心间。

我做豆腐是和岳父学的。我的岳父杨德智先生是一位中医师。

在学医之前，岳父曾以家传的磨豆腐、炸油条、麻花等谋生。学医后，他的人生和家庭命运天翻地覆。岳父凭着自己的功夫成了享誉京城的名医，点豆腐这门手艺也就放下了。我决定把这门手艺接过来，传下去。

2020年五月，岳父亲自来扬州教我，做的是酸浆豆腐。

酸浆豆腐使用的凝固剂是酸浆水，由每次制作豆腐时产生的乳清自然发酵而成。除此之外，不使用任何添加剂。

乳清可以直接饮用或作为高汤使用。同时，它还是天然的清洗剂，可以作为洗涤用水。

豆子、水、点浆，这三点决定了豆腐的生命。

豆子，我选用的是吉林柳河我的自然农场出产的非转基因黄豆，生命挚友尉辰老师用自然农法种植，不施化肥，不用农药，不用除草剂，收获的真食物。

水，山泉水为佳。扬州没山，也就难找山泉水。

说到此，想到张爱玲说有三恨：一恨鲥鱼多刺，二恨海棠无香，三恨红楼梦未完。

我虽无恨，却有一憾：扬州无山。没有山，便少了很多东西。点浆，各地手法不一，各有诀窍，唯赖手传心授，心手合一。师父领进门，练功在自己。

古话说，人生有三苦，撑船打铁磨豆腐。岳父一走，我就开始在厨房“勤学苦练”。说起学习做饭这件事，我就是从豆腐这扇门踏进来的。

慢慢的，经历过成功和几次失败，手艺变得越来越熟，可以随着需要做的或老或嫩。

磨豆腐，磨的是一颗清静无染的心，其过程正如一场生命与生命的对话。因为酸浆豆腐是以生命唤醒生命，无为而成的。

豆子为身体，酸水为灵魂。研磨豆子，熬煮豆浆，酸水点浆，交彻融摄之后即成豆腐。一滴酸浆水周而复始，循环使用，可转万缸浆水，以酸水续成万家豆腐，滴滴相传，永续传承，可谓“一滴无尽”。

以“一滴无尽”精神点制的酸浆豆腐，是食材、身体和精神的融合。这样磨豆腐，无尽意。

● 酸浆豆腐的做法

泡发好的黄豆磨浆，熬煮豆浆，煮开后扬浆（用勺子扬汤），待温度降低到85℃时开始点浆。根据酸浆水的酸度决定点浆的速度，初学者可以借用酸度计来把控，酸度控制在3.6~3.8就很容易凝结。酸浆水可以适当加温水稀释，尤其在冬天的时候，要避免酸浆水过凉，导致豆浆难以凝结。因此在点浆时要留意温度，若是普通燃气灶，可以配合小火或回烧，以帮助凝结。为了保证豆腐凝结均匀和成品的柔韧度，可以点2~3次。点豆腐这个活儿熟能生巧，老嫩程度全在手法的控制上，手法的背后又是平和的心，所以点豆腐即点心也。点浆时待出现豆花，浆水分离后即可，稍微等待片刻，将析出的乳清舀到酸浆容器里继续一起发酵，然后将剩余的豆花舀出压制成型。初次点制酸浆豆腐时，可以用白醋代替酸浆水，或者在之前用盐卤点制时，将乳清留下自然发酵。

豆腐乳的做法

豆腐乳主要依靠毛霉菌生长，毛霉菌最适合的生长温度是16℃左右，因此只能在冬天温度较低的条件下才能动手制作豆腐乳。另一方面，其他季节做出来的豆腐乳味道也不对。

中国各地手作豆腐乳的方法很多，下面介绍一种我们自己制作的不使用酵母、依靠自然发酵的豆腐乳。

事先准备好不透光的纸箱或竹筐、洗净晒干的稻秆、腌制用容器等物品。使用稻秆是因为稻秆里含有丰富的芽孢杆菌，对毛霉菌的生长有较好的辅助作用。

将盐卤或酸浆豆腐做好后（也可以在市场上购买），切成2厘米左右的小块，可以拿到阳光下晾晒，去除多余的水分。开始发酵的时候，先在箱子底下铺上一层稻秆，然后将晾晒好的豆腐块均匀地摆在稻秆上，注意留出必要的间隔防止粘连。一层稻秆一层豆腐块摆好，然后盖上盖子，等待豆腐块自然发酵。视温度高低，发酵时间在5~10天不等。待豆腐块长满白绒绒的菌毛就发酵好了，注意温度的变化，豆腐块也可能会直接乳化。

之后准备50℃以上的纯粮白酒、天然盐、辣椒粉、胡椒粉、橘子皮等个人喜欢的调料。将盐炒一下后和调料一起调拌均匀（咸度根据个人喜好而定）。先将豆腐块在白酒中浸泡一下，既可以杀菌，又可以增加成品味道的层次，然后裹上拌好的调料，整齐地码放在容器中（陶器最佳，玻璃器皿亦可，注意事前杀菌消毒），最后倒入植物油（胡椒油、辣椒油、山茶油等），没过豆腐块即可，封存进行二次发酵。1个月后就能食用，3~6个月味道最佳。

■ 天贝的做法

桑多尔·卡茨（Sandor E.Katz）撰写的《发酵圣经》中，对天贝的做法有很详细的介绍。下面介绍一种我们自己平时手作天贝的方法。

黄豆洗净后浸泡6~8小时（冬天可延长），将泡发好的豆子用开水煮5~10分钟，捞出冷却后用手剥去黄豆皮，同时将豆子搓成两半。注意，黄豆皮可以煮粥时吃掉，可以做肥料，或者拿去喂鱼，不要浪费。其实，不去皮也是可以的，只是不去皮的天贝发酵不够充分，味道也不够浓郁。

豆瓣用中小火焖煮30~40分钟。将煮好的豆瓣捞出，降至常温，用厨房纸巾吸干水分，或用吹风机吹干至盆里没有明显的水迹。加入15~20毫升白醋拌匀（白醋帮助发酵，也可不加，或在煮豆的时候加入水中），然后加入适量的天贝菌拌匀。

将拌好的豆瓣装入自封袋，厚度控制在2厘米左右，不要太厚，否则影响发酵。再用牙签将袋子两面扎上一些小孔，然后放在恒温发酵箱中（温度要在30℃左右，且避光，室内温度在28℃~32℃时可不使用），发酵48小时左右，上面会长满白白的菌丝，闻到特有的香味即告完成。

出于环保考虑，可以将豆瓣用大的叶片（东南亚地区常使用香蕉叶，我们曾经使用荷叶）包起来发酵，成品还会带有相应的香气。

萝卜干的做法

发酵与腌渍是人类最基础的自然食之一。调和食材与阳光、盐以及空气中的菌群，经过耐心等待，换来食物的另外一种形态。

以前，人们是为了调口味和保存而发酵和腌渍。今天和未来，发酵和腌渍的更多价值更应受到我们的重视。

况乎丛林有云：悟后起腌。说的是有智慧的人在开悟之后，如果能钻研优良的发酵与腌渍之法，善莫大焉。可见发酵与腌渍食物这件平凡小事的力量。

我虽未开悟，却仰慕古德之行履，也开始了腌渍食物的实践。

说到腌渍，那是小时候最美好的回忆。

母亲在不同季节会做很多发酵与腌渍的食物，她腌渍的大白萝卜、芥菜疙瘩、花椒豆豉、韭菜花，都是难以忘怀的美味。

这两年冬天，我也学着腌了几百斤白萝卜。

白萝卜腌制后能理气开胃，去痰解毒，各种风皮疾都可以应用。

白萝卜洗净切条后，利用扬州冬天极其奢侈有限的几个连续晴天，白天日晒，晚上取回后用2~3倍的重物压着，腌渍萝卜一定要有压的动作，不压就不香，这也是制作好的渍物的秘诀。这样重复几天，直至没有什么水分，便可以装罐，能吃上一年半载。

另外，我还尝试了发源于中国、流行于日本的“泽庵渍”。

传说这是从泽庵禅师开始的。

这种方法是用盐和米糠来腌渍，米糠会附着在萝卜表面，可以隔绝空气、防止氧化，发酵后能让萝卜焕发出独特的风味，颜色也会变成黄色。

这种腌法的好处是，白萝卜原本不含维生素B_1，米糠会释放出维生素B_1并渗透进萝卜里，第三个月会达到最高峰，成为营养均衡的食物。萝卜原来含有的淀粉酶在腌渍后消失了，维生素C也跟着减少，却多出了维生素B_1和B_2。

泽庵萝卜是一种兼具营养和药效的食物。水分完全挥发之后，萝卜会将充分吸收的太阳光转化成营养成分，叶子部分也含有很棒的精油，可促进排便，利尿且健脾胃。叶子的根部同样富含维生素，有助于谷物的消化和关节的强化，更能让人拥有一脸的好气色。

无论使用哪一种方法，腌渍好的萝卜干都可以保存很久。时间愈长，颜色愈深，味道也会愈加醇厚。

一块萝卜干，就是一段封存的自然和历史。

那嘎巴嘎巴嚼萝卜的声音，更是穿透了古今。

自然食，是食物、身体、精神与自然的合一。

● 家常萝卜干的腌渍法之一

大白萝卜洗净，可以拿到太阳底下晒一下，之后切成大小和厚度均等的条状，每一条上要带着皮（这是关键），撒盐揉搓，一层萝卜一层盐，注意盐的用量不超过萝卜重量的2%。然后开始日晒，晚上收回到容器中，可以再加2%~4%的盐，用重物（重2~3倍）压着，第二天早上再拿出去继续晒，之后几天重复日晒和夜压（其间可以尝一下咸淡，若喜欢咸味或希望更长久保存，可以再酌情加一些盐），直到晒干，即可装罐保存起来。注意，过程中不可淋雨。随着保存时间的绵延以及对保存环境的掌握，萝卜干的风味会越陈越香，色泽也会越来越深，从最初的淡黄到土黄，再到褐色。吃的时候，根据腌渍程度先泡洗10~30分钟，沥干后，可以切成小丁，加入酱油、辣椒油、芝麻油、香菜等直接吃，也可以炒着吃。

其实，只要我们亲自动手做一次就知道，腌渍过程中只需要加入盐，其余就是自己动手操作，以及靠着太阳晒干。

过程中完全不用在意盐分的多少，可以自己边腌边晒边尝，咸淡自己控制，享受这个调味的过程。不要被数字所束缚，否则会少很多变化带来的乐趣。

● 泽庵渍萝卜干做法

采用泽庵渍时，应尽量选用比较细长的大白萝卜，先将萝卜（萝卜叶不要扔掉）洗净，之后拿到户外晾晒，可以用麻绳系好悬挂起来，晚上不用取回，但要注意不能淋雨。一直晒到萝卜可以弯成半圆形，接近首尾相连。然后准备好米糠、盐和辣椒粉等搅拌均匀，其比例为：米糠为萝卜重量的10%~20%，天然盐为3%~5%，辣椒粉适量。注意要选用辣味明显、颗粒细致的辣椒粉。自古留传下来米糠与盐的比例是10∶3。开始腌渍的时候，先将容器洗净消毒（推荐中国传统的陶具），然后在底部铺上一层2~3厘米的盐糠层，再铺上晒好的萝卜，把萝卜叶也塞进萝卜之间的缝隙，一定要塞紧实，之后一层盐糠一层萝卜放进去，最上面再铺一层盐糠。用盖子盖上，压上2~3倍重的重物。过程中腌汁会冒出来，要及时汲出，直到不再有新的腌汁出来。

储存三个月后就可以开始吃了，吃之前和其他腌渍萝卜一样，视咸淡可以先泡洗一下，然后直接切成薄片吃，萝卜叶也能直接吃。萝卜自带香味，可以不用其他调料。泽庵渍的秘诀就在萝卜叶里，萝卜叶可以让成品味道更有层次。注意，取出一部分之后，要继续用重物压着剩下的部分，随着萝卜不断取出，过程中要换成轻一点的重物。

梅干的做法

知道和吃到第一颗梅干，是在三年前，那是我最尊敬的东城百合子老师腌制的四年梅干。梅干源自中国，后传至日本，是由梅子和紫苏共同腌制而成，可以生津止渴、健脾开胃、抗菌解毒、缓解疲劳、预防感冒、净化血液，是人类认识自然、道法自然、与自然合一的宝贵食物。

东城老师的四年梅干，从三十多年前开始着手制作，使用的是无化肥农药的自然栽培梅子和紫苏。每年使用自然盐进行腌制，经过七天七夜的日晒夜露，然后第二年再次加入浸过梅汁的紫苏，到第四年的夏天，经过太阳暴晒后完成。入口时那种酸到五官大挪移的感觉，顿时让人为之一振。因为全部是手作，每一颗都极其珍贵，一丁点都不愿浪费，最后会把梅核敲开，把仁儿也一起吃掉。

懂得了梅干的宝贵，每次去日本，我都会托乐美老师代购东城老师的梅干，自己舍不得吃，都带回老家给母亲。母亲生前体弱多病，肠胃很差，吃过梅干后有明显改善，经常问起还有没有梅干。令人惋惜的是，去年的开春和入冬，东城老师和我母亲先后离世，一年里失去了两位挚爱的“母亲”。

现在扫除道传习中心料理教室里，还储存着几十颗东城老师生前腌制的梅干，算起来已经有十年以上了，可以说是极为贵重。

梅干对禅宗来说不可或缺，被誉为“无量寿”，经过多次暴晒的梅子，在保存过程中仍会持续地分泌柠檬酸，保护着里面的果肉、外皮和内核，也就是说，梅子始终是活着的。日本渍物大师三角宽老师的母亲说，梅干不腌个上百年，酝酿不出炉火纯青的味道，果肉非得透明到看得见中间的种子，才算是真正的梅干。据三角老师说，他们家的传家宝就是一大罐由其祖父亲手腌制，已经有一百五十多年的梅干。

我非常怀念母亲和东城老师，于是发愿要自己腌制梅干，而且要腌渍出可以传承一千年的梅干，以此来告慰她们的恩情。

老师说，梅干必须用进入梅雨季节第三天摘下来的梅子。梅子摘下来后先清洗干净，用牙签把蒂去掉，泡在淘米水里去除梅子的青涩（我用的是自然种植的糙米淘米水），还可以促使果核和果肉剥离。泡水之后，原本还是青色的梅子就会变黄，沥干水分之后，用布一颗一颗擦干。然后就是加梅子重量20%的盐开始腌制，一层梅子一层盐，最后压上至少一倍重量重物，几天后就可以腌出白梅醋了。白梅醋实际上是梅子的保护液，保护梅子不会腐烂。

接下来是揉搓紫苏。传习中心楼下的大妈家门口有一片紫苏，和大妈说了缘由，她二话没说，直接上手开始给我掐叶子，足足有一大包。

紫苏辛温，可以发散风寒，气香而能理气，色紫故能调血。其独有的绛紫色可以作为天然的染色剂。将紫苏洗干净后用盐揉搓，把第一遍苦汁倒掉，然后取少许白梅醋继续搓。这时，紫苏的红色素就会释放出来，梅醋立刻变成鲜艳的紫红色液体，也就是“赤梅醋”。反复揉搓几次之后，将紫苏叶散放在梅子上，再把梅醋倒回去，将罐子封好，一直腌到立秋前二十天左右的三伏天。

紫苏受雨水影响较大，雨水足的年份，紫苏的颜色会很漂亮。2021年梅雨季节扬州雨量偏少，搓出的汁液也比较少，幸好大妈给的紫苏很多，梅醋足够没过梅子了。赤梅醋还可以用来腌制各种自己想要腌制的其他食材，几天时间就能将其染成紫红色。

七月中下旬，就到了曝晒的时节。连续的晴天对扬州来说是稀罕事，所以必须要抓住转瞬即逝的机会。在天还没有完全亮之前将梅子放入筛子中，沥干梅醋之后移至屋顶，一颗一颗排列在竹篓上，开始接受太阳的曝晒。同时将装梅醋的罐子也搬到外面，紫苏也一起取出来晒晒太阳。取出梅子时，看到梅子已经染成漂亮的红色，不禁惊叹紫苏的神奇，唯有亲自参与制作的人，才能感受到那一抹红的美丽。在具备强大解毒能力的梅子中揉进紫苏，就完成了比普通杀菌剂还要强大多倍的天然食物，只能惊叹祖先们的生存智慧了。

第一天要曝晒一整天，晚上也要放在外面，受到夜露滋润的梅子，果肉会变得柔软。第二天继续曝晒，下午时分，将晒得干瘪的梅子放回经过阳光照射的梅醋里，将晒得半干的紫苏也放回去，继续享受阳光。我的梅子刚好就是在这个时候，赶上了大晴天下雨，还好刚有雨点下来就抱回了屋内，否则第一次腌制就打了水漂。看到天气预报未来几天都有雨，只好耐心等待下一次曝晒的机会。

三角宽老师说，梅子要经过这样反复曝晒和腌制至少七次才算完成，最后还可以用粮食酒调味再曝晒一次，就可以持久地储藏下去了。

之所以将梅干的制作过程如此细致地写下来，就是希望即使不能亲手参与制作的读者，也能感受到手作梅干的宝贵。

在日本滋贺县的小川村，同样受到东城老师精神感召的乐美老师，正在用心打造生活实践道场，她们从去年开始也在那里腌制了梅干。她们正继承着东城老师的遗志，探索和弘扬大自然与生命之美。在扬州城，我则怀念着母亲对我的恩情，怀揣着未来建设中国味觉学校的心愿，等待着下一个晴天的到来。

热腾腾粥足饭足，活泼泼东头西头。一颗小小的梅干，就是一个大大的宇宙，连结着过往，更延伸向未来。

常见食材性味图表

四季时蔬性味表

食材	春	夏	秋	冬	味	性	主要功效
春笋	√				甘苦	凉	化痰、消肿、清热生津
芦笋	√				甘	凉	利尿通淋、泄热安神
莴笋	√			√	甘	凉	利尿、通乳、清热解毒、补筋骨
芹菜	√				甘	凉	利尿、清热解毒
豌豆	√				甘	平	补中益气、通利二便
蚕豆	√				甘	平	补中益气、涩精实肠
油菜花	√				甘	凉	活血化瘀、解毒消肿、宽肠通便
马兰头	√				辛	凉	凉血止血、解毒消肿、清热
荠菜	√				甘	平	祛陈寒、祛血热、平肝明目、清热利湿
枸杞头	√				苦	凉	补虚益精、强筋健骨、清热明目
香椿芽	√				苦	温	温补脾阳肾阳、暖胃消食
豌豆苗	√				甘	平	和中下气、通利大肠
绿豆芽	√				甘	凉	清热解毒
黄豆芽	√				甘	凉	清热利湿、升达脾胃之气

续表

食材	春	夏	秋	冬	味	性	主要功效
苜蓿	√				苦	平	清热凉血、利湿退黄
榆钱	√				辛	平	健脾安神，清心降火，止咳化痰
生菜	√	√			甘	凉	清热爽神、清肝利胆
芦蒿	√				甘	凉	利膈、开胃行水、解毒
胡萝卜	√			√	甘辛	平	健脾和中、养肝明目。黄者益气，红者养血
韭菜	√				辛	温	补肾、温中、行气散淤、解毒
蒲公英	√				苦	寒	清热解毒、消肿散结、利尿通淋
丝瓜		√	√		甘	寒	清热解毒、消肿化痰、通经活络
冬瓜		√	√		甘	微寒	除烦止渴、退热解暑、利水消肿
生苦瓜		√			苦	寒	去心火、除热解乏、清心明目
熟苦瓜		√			甘	平	养血滋肝、润脾补肾
黄瓜		√			甘	寒	清热解毒、生津止渴、利水消肿
瓠子		√			甘	凉	清热、行水通肠
西葫芦		√			甘	寒	清热利尿、除烦止渴、润肺止咳

续表

食材	春	夏	秋	冬	味	性	主要功效
青椒		√			辛	温	温中散寒、开胃消食
红椒		√			辛	温	温中散寒、开胃消食
辣椒		√			辛	热	温中燥湿、御风寒、杀腥消食
茄子		√			甘	凉	活血止痛、消肿宽肠
番茄	√	√			甘酸	寒	健胃消食、生津止渴
四季豆		√			甘	平	健脾和中、化湿、消暑
豇豆		√	√		甘	平	健脾利湿、补肾涩精
毛豆		√	√		甘	平	健脾宽中、润燥消水、清热解毒
荷兰豆		√			甘	平	抗菌消炎、利肠通便、美容护肤
扁豆		√	√		甘	平	清暑解渴、健脾和胃、除湿止泻
秋葵		√	√		苦	寒	健脾、补肾、通气、清热利湿、消除疲劳
茭白		√	√		甘	寒	解热毒、除烦渴、润肠通便
嫩姜		√			辛	温	健脾开胃、利湿消暑、升阳益气
莲藕		√	√		甘	寒	生者清热生津，熟者健脾开胃

续表

食材	春	夏	秋	冬	味	性	主要功效
土豆		√	√		甘	平	和胃调中、健脾益气
玉米		√	√		甘	平	调中开胃、利尿消肿、降压
苋菜		√			甘	凉	清热解毒、通利二便、通血脉
空心菜		√			甘	寒	凉血清热、利湿解毒、润肠通便
鸡毛菜		√			咸	寒	清热泻火、软坚化痰
木耳菜		√			酸	寒	清热解毒、通利二肠
黄花菜		√			甘	凉	清热利湿、宽胸解郁、凉血解毒
油麦菜		√			甘	凉	清肝利胆、利尿、镇定安神、降血脂
马齿苋		√	√		酸	寒	清热解毒、凉血止痢、护肝、清心火、去肺热
红薯叶		√			甘	平	净化血液、通利肠胃、抗疲劳、抗癌
罗勒		√			甘辛	温	疏风解表、化湿和中、行气活血、解毒
紫苏		√			辛	温	去腥解毒、解表散寒、行气和胃、解郁止呕

续表

食材	春	夏	秋	冬	味	性	主要功效
薄荷		√			辛	凉	散风热、清头目、利咽喉
茴香		√			辛	温	理气和胃、散寒止痛
槐花		√			甘	寒	清热解毒、凉血止血、润肺
黑豆芽		√			甘	凉	清热利湿、解毒
佛手瓜			√		甘	凉	疏肝止咳、祛风解热、健脾开胃
南瓜		√	√		甘	温	补益脾胃
莲子			√		甘涩	酸	养脾胃、止遗泄、安神。白者去脾肺湿热，红者去心包湿痰
莲子心			√		苦	寒	清泻心火、肾火
茨菰			√		甘苦	凉	生津润肺、补中益气
汤菜			√	√	甘	凉	清热解烦、利尿、解毒
红薯			√	√	甘	平	补脾益胃、益气生津、润肺通便。生者去血毒，熟者补气血
芋头			√	√	甘辛	平	健脾益气、预防便秘
山药			√	√	甘	平	补脾益肺、固肾益精
菱角			√		甘	凉	健脾开胃、除烦止渴

续表

食材	春	夏	秋	冬	味	性	主要功效
松茸			√		甘咸	平	补益脾胃、理气化痰、防癌抗癌
甘蔗			√		甘	寒	清热生津、润燥和中、解酒毒
鱼腥草			√		苦	寒	清热解毒、消痈排脓、利水消肿
甜菜根			√		甘	凉	健胃消食、补铁补血、抗癌、解毒
鲜百合		√	√		甘苦	寒	养阴润肺、清心安神
桂花			√		辛	温	醒胃化痰、温中散寒
白萝卜				√	甘辛	凉	生者消食下气，熟烂者补气
牛蒡			√	√	苦	凉	利尿、疏风散热、解毒消肿
荸荠	√			√	甘	凉	清热生津、化痰止咳、解酒毒
冬笋				√	甘涩	寒	滋阴凉血、和中润肠、清热化痰
水芹				√	甘辛	寒	清热解毒、润肺利湿
大白菜	√			√	甘	凉	解热除烦、生津止渴、通利肠胃
卷心菜				√	甘	平	清利湿热、散结止痛、补益肾气

续表

食材	春	夏	秋	冬	味	性	主要功效
紫甘蓝				√	甘	平	补骨髓、润脏腑、益心力、壮筋骨
苦苣				√	苦	寒	清热解毒
大头菜	√			√	甘	平	利尿除湿、解毒消肿、下气消食、抗癌
西蓝花	√			√	甘	平	净化血液、防癌抗癌
花椰菜	√			√	甘	平	净化血液、解毒、防癌抗癌
小白菜				√	甘	平	利尿、清热解烦、解毒
菠菜	√			√	甘	平	通肠导便、活血养血
油菜				√	甘	凉	散血、消肿、解毒、散瘀
小黑菜				√	甘	平	滑肠、疏肝、利五脏
药芹				√	甘	凉	平肝清热、祛风、利水、降压、清肾毒
香菜	√			√	辛	温	开胃消食、止痛解毒、提振心阳
茼蒿	√			√	甘	凉	清热、养心安神、润肺化痰
芥菜				√	辛	温	利肺化痰、消肿散结

水果性味表

水果	春	夏	秋	冬	性	味	食养价值	一物全体
草莓	√	√			甘酸	凉	润肺生津、健脾和胃	
樱桃		√			甘	热	调中益气、祛风除湿	叶子可健脾温胃
枇杷		√			甘酸	平	润肺、涤热生津	枇杷叶祛风热、清肺化痰
西瓜		√			甘	寒	生津止渴、解暑安神	皮清凉解暑，籽除湿、化痰、涤垢
哈密瓜		√			甘	寒	利尿、清肺热、止咳	
甜瓜		√			甘	寒	解渴疗饥、解暑	
桑葚		√			甘酸	寒	滋养肝肾、安魂定志	
杨梅		√			甘酸	温	消食、解酒	
杧果		√			甘酸	凉	利尿、解渴	
荔枝		√			甘酸	热	补脾益气、升阳助火、温中止痛	壳清火，核行气散结

续表

水果	春	夏	秋	冬	性	味	食养价值	一物全体
桃		√			辛甘酸	温	解渴充饥、补心活血	
杏		√			甘酸	热	润肺生津、健脾和胃	
梅		√			酸	平	益津开胃、解毒	
李子		√			甘酸	寒	清肝涤热、活血生津	
阳桃		√			甘酸	寒	生津止渴、下气和中、去风热	
猕猴桃		√			甘酸	寒	生津止渴、清热利水、解酒	
椰子瓤		√			甘	平	益气充饥	椰浆甘温止消渴
火龙果		√			甘	凉	润肺止咳、润肠通便	
菠萝		√	√		甘酸	平	利尿、健胃消食	皮去腥除异味
榴梿		√			甘	热	健脾、补肾、活血、散寒	

续表

水果	春	夏	秋	冬	性	味	食养价值	一物全体
葡萄		√	√		甘酸	平	益气倍力、御风寒、强筋骨	葡萄籽保护心脑血管
苹果			√		甘酸	凉	生津止渴、润燥	
梨			√		甘酸	寒	润肺止咳、滋阴清热	
无花果		√	√		甘	平	开胃止痢、清咽利喉	
山楂			√		甘酸	平	生津止渴、健胃消食、活血化瘀	
石榴			√		甘酸	温	滋阴润燥	石榴皮止泻止血
番木瓜			√		甘	温	补养气血、助消化	
生枣			√		甘	凉	益气生津、充饥	
桂圆			√		甘	温	温补气血、生肌长肉、安魂定志	壳祛风、止泻、止咳，核止血、止痛
槟榔			√		辛	温	杀虫、消积食、破气滞	

续表

水果	春	夏	秋	冬	性	味	食养价值	一物全体
橘子			√		甘酸	温	滋补脾肺	陈皮理气消食，橘络散结化痰
橙子			√		甘酸	凉	生津止渴、消食化痰、止呕醒胃	
柚子			√		酸	寒	健脾消食、化痰	柚子皮性温，散寒、燥湿、祛痰
芦柑			√		甘酸	寒	利尿、生津止渴	
柠檬			√	√	酸苦	平	杀菌、开胃消食、生津止渴	
香橼			√	√	辛	温	健脾和胃、疏肝解郁、理气化痰	
柿子			√	√	甘	寒	养肺胃阴、清热祛燥、润肺化痰	柿蒂止呕，柿霜润燥
柿干	√			√	甘	平	健脾开胃、充饥、止血	
香蕉			√	√	甘	寒	润肺通便、降压	香蕉皮煮水降压、润肤

五谷杂粮性味表

食材	味	性	主要功效
糙米	甘酸	平	补中益气、补肺生津、润肠通便
白米	甘酸	平	补中益气、充饥
锅巴	甘	平	助消化、厚肠胃
糯米	甘	温	温补肺气、暖胃
面粉	甘	热	补中益气、充饥
燕麦	甘	平	补益脾胃、润肠通便、保护心脑血管
荞麦	甘	寒	降气宽肠、健胃消积
藜麦	甘	平	保护心脑血管、抗癌、平衡酸碱
小米	甘	凉	补中益气
黄米	甘	温	补益气血
黄豆	甘	平	宽中导滞、利水下气
黑豆	甘	平	活血利水、祛风解毒、补肾健脾
豆腐	甘	寒	宽中益气、清热生津、消胀利水
豆腐乳	甘咸	平	养胃调中、改善肠道环境
天贝	甘	平	改善肠胃、降血脂血糖、合成维生素B_{12}、抗癌
绿豆	甘	凉	清热消暑、利水解毒
红豆	甘	平	清热祛湿、活血补血
赤小豆	甘	平	祛湿、利水消肿、清热解毒
白扁豆	甘	温	补脾益气、和中下气、解一切草木毒
鹰嘴豆	甘	平	和中下气、益脾胃、补肾壮阳
薏米	甘	寒	健脾利湿、清热排脓
芡实	甘	平	固肾涩精、补脾止泻
芝麻	甘	平	补益肝肾、养血益精、润肠通便
花生	甘	平	健脾养胃、润肺化痰

续表

食材	味	性	主要功效
银杏果	酸涩	平	通督脉、敛肺定喘
蚕豆仁	甘	平	健脾利水、消肿解毒
板栗	甘咸	平	益气健脾、补肾强筋
核桃	甘	温	补肾益精、润肠通便
腰果	甘	平	补肾益精、润肠通便、降血脂
杏仁	甘苦	温	利肺气、润肠、发散祛邪
桃仁	甘苦	平	和血散结、通破瘀血
桃胶	苦	平	和血、通淋、润肤
枸杞	苦	寒	添精固髓、健骨强筋、阴阳双补
大枣	甘	温	补益脾胃、养气血、安心神
松子	甘	温	润肺、益气养血、祛风
榛子	甘	平	补气开胃、长气力

调味料性味表

食材	味	性	主要功效
姜	辛	温	散寒解表
葱	辛	温	散寒解表、通气
大蒜	辛	温	温中行滞、解毒、杀虫
姜黄	辛	温	理气、祛风除湿、消肿止痛、防癌抗癌
咖喱	辛	热	开胃健脾、活血化瘀、防癌抗癌
黑胡椒	辛	热	除寒湿
白胡椒	辛	热	解表、温中散寒
花椒	辛	温	温中止痛、除湿、杀虫

续表

食材	味	性	主要功效
麻椒	辛	温	芳香健脾
豆豉	咸	平	疏风解表、清热除湿、祛烦宣郁、解毒
大酱	咸	寒	除热止烦。生者解食毒、火毒、虫毒
蜂蜜	甘	平	补益脾胃、润肺止咳、润肠通便、解毒
麦芽糖	甘	温	健脾胃、润肺止咳
白糖	甘	寒	润肺生津、和中益气、清热解毒
冰糖	甘	平	健脾和胃、润肺止咳
红糖	甘	温	补脾缓肝、活血散瘀

菌菇海藻性味表

食材	味	性	主要功效
鲜香菇	甘	凉	健脾开胃、扶正补虚、降血脂、抗癌
干香菇	甘	平	强身健体、防癌抗癌
蟹味菇	甘	凉	健脾开胃、防癌抗癌
白玉菇	甘	凉	润肠通便、止咳化痰
杏鲍菇	甘	平	降脂降压、促进消化、增强免疫力
茶树菇	甘	温	益气开胃、健脾止泻、滋阴补肾
金针菇	甘	凉	抗菌消炎、抗疲劳
姬松茸	甘	平	保护心脑血管、降血糖
木耳	甘	平	补气养血、润肺止咳、降压
银耳	甘	平	滋阴润肺
海带	咸	寒	清热化痰、止咳、利水、散结

续表

食材	味	性	主要功效
紫菜	甘咸	寒	化痰止咳、利水除湿、养心除烦
裙带菜	甘咸	寒	利尿消肿、护心降脂、清理肠道
羊栖菜	咸	寒	软坚、清血、利尿
海松茸	咸	寒	滋养脾胃、降血压血脂
寒天	咸	寒	净化血液、降血糖、保护心脑血管

参考阅读书目

（明）李时珍，《本草纲目》，河北科学技术出版社
（明）陈士铎，《本草新编》，中国中医药出版社
（清）唐荣川，《本草问答》，中国中医药出版社
（清）王士雄，《随息居饮食谱》，浙江人民美术出版社
（清）袁枚，《随园食单》，江苏凤凰文艺出版社
（清）曹庭栋、黄云鹤，《粥谱》，北京日报出版社
（清）张锡纯，《医学衷中参西录》，中医古籍出版社
徐文兵，《饮食滋味》，江西科学技术出版社
徐文兵，《黄帝内经四季养生法》，中国中医药出版社
陈允斌，《回家吃饭的智慧》，吉林科学技术出版社
孙霖，《食者的初心》，禅厨微信公众平台
汪曾祺，《慢煮生活》，江苏凤凰文艺出版社
蓝紫青灰，《蔬食者》《花为馔》，山东文艺出版社
[日]福冈正信，《一根稻草的革命》，广西师范大学出版社
[日]吉村昇洋，《一碗粥的修行》，橡树林文化
[日]道元禅师，《典座教训》，正好文化出版公司
[日]水上勉，《今天吃什么呢，去地里看看》，南海出版公司
[韩]大安法师，《餐桌上的修行》，湖南文艺出版社
[日]内田悟，《蔬菜教室》，北京联合出版公司
[日]狩野由美子，《蔬菜之神》，浙江大学出版社
[日]土井善晴，《一汁一菜就好》，辽宁人民出版社
[日]小山裕久，《日本料理神髓》，上海人民出版社
[韩]崔洛堰，《舌尖上的科学》，人民邮电出版社
[美]桑多尔·卡茨，《发酵圣经》，中信出版社

图书在版编目 (CIP) 数据

如法而食：好好吃饭与好好做饭的实践随笔 / 赵长城著 . — 北京：中央编译出版社，2023.7

ISBN 978-7-5117-4423-4

Ⅰ . ①如… Ⅱ . ①赵… Ⅲ . ①随笔 – 作品集 – 中国 – 当代 Ⅳ . ① I267.1

中国国家版本馆 CIP 数据核字 (2023) 第 084160 号

如法而食：好好吃饭与好好做饭的实践随笔

总 策 划	李 娟
责任编辑	郑永杰
特约编辑	李文彬
责任印制	刘 慧
出版发行	中央编译出版社
地　　址	北京市海淀区北四环西路 69 号（100080）
电　　话	（010）55627391（总编室）　（010）55627312（编辑室） （010）55627320（发行部）　（010）55627377（新技术部）
经　　销	全国新华书店
印　　刷	北京盛通印刷股份有限公司
开　　本	787 毫米 ×1092 毫米 1/32
字　　数	149 千字
印　　张	8.875
版　　次	2023 年 7 月第 1 版
印　　次	2023 年 7 月第 1 次印刷
定　　价	69.00 元

新浪微博：@ 中央编译出版社　　**微　　信：**中央编译出版社（ID：cctphome）

淘宝店铺：中央编译出版社直销店（http://shop108367160.taobao.com）（010）55627331

图书在版编目(CIP)数据

如法而食：好好吃饭与好好做饭的实践随笔 / 赵长城著. — 北京：中央编译出版社，2023.7
ISBN 978-7-5117-4423-4

Ⅰ. ①如… Ⅱ. ①赵… Ⅲ. ①随笔 - 作品集 - 中国 - 当代 Ⅳ. ① I267.1

中国国家版本馆 CIP 数据核字(2023)第 084160 号

如法而食：好好吃饭与好好做饭的实践随笔

总 策 划　李　娟
责任编辑　郑永杰
特约编辑　李文彬
责任印制　刘　慧
出版发行　中央编译出版社
地　　址　北京市海淀区北四环西路 69 号（100080）
电　　话　（010）55627391（总编室）　（010）55627312（编辑室）
　　　　　（010）55627320（发行部）　（010）55627377（新技术部）
经　　销　全国新华书店
印　　刷　北京盛通印刷股份有限公司
开　　本　787 毫米 ×1092 毫米　1/32
字　　数　149 千字
印　　张　8.875
版　　次　2023 年 7 月第 1 版
印　　次　2023 年 7 月第 1 次印刷
定　　价　69.00 元

新浪微博：@中央编译出版社　　　微　　信：中央编译出版社（ID：cctphome）
淘宝店铺：中央编译出版社直销店（http://shop108367160.taobao.com）（010）55627331

人啊，认识你自己！